Sommaire

Après-texte

PRÉSENTATION

En 1895 naît le septième art, l'art du cinéma. Dès 1896, celui-ci s'intéresse à l'Antiquité et tire ses scénarios de la Bible, du *Nouveau Testament* ou de *L'Odyssée* : en 1905, Georges Méliès réalise *Ulysse et le Géant Polyphème* ; en 1923, Cecil B. DeMille sort la première version des *Dix Commandements* et, en 1927, un film intitulé *The King of Kings*, qui traite de la vie de Jésus. Les mondes biblique, grec et romain, leurs légendes et leurs héros fournissent au cinéma d'extraordinaires scénarios et prennent vie à travers les images mobiles. Les commencements du cinéma sont les commencements du monde.

Les hommes du monde ancien avaient déjà saisi la puissance évocatrice des mythes et transformé leur émerveillement, leur fascination ou leur crainte sacrée en images : les aventures d'Ulysse se lisaient sur le flanc des vases, celles d'Énée sur les fresques des demeures ; les métamorphoses des dieux ornaient, elles aussi, les murs de Pompéi et des palais, tout comme les épisodes de la Bible s'inscrivaient dans les fresques et les mosaïques des synagogues …

Ces textes et les images qu'ils ont fait naître sont à la racine de l'histoire réelle et imaginaire que ces peuples de l'Antiquité se sont construite ; ils sont les témoins des plus anciennes manifestations de la pensée des hommes nés autour de la Méditerranée, de leurs peurs, de leurs questionnements et de leurs rêves aussi : d'où viennent l'univers et l'humanité ? Le monde était-il meilleur autrefois ? Qui gouverne à cette création et la métamorphose sans cesse, faisant vieillir les hommes, installant la guerre à la place de la paix et la liberté à la place de l'esclavage, transformant la mer en monstres ? Faut-il suivre celui qui déclare l'existence d'un dieu unique et transmet sa volonté de favoriser les hommes qui l'écouteront ? Enfin, quels sont le destin de l'humanité et le terme de son voyage ?

Les textes rassemblés dans ce recueil veulent rappeler que les mythologies sont aussi, à l'origine, les formes les plus poétiques et les plus oniriques de la littérature : chants, contes, légendes, épopées… : autant de récits merveilleux auxquels traducteurs, exégètes, critiques se confrontent sans cesse pour les faire renaître. Plus simplement, ces textes montrent le fonds commun aux croyances de la Méditerranée et les transmissions de l'une à l'autre culture, religieuse ou profane : le mythe de l'âge d'or rappelle de façon troublante l'évocation biblique du jardin d'Éden et, parmi les prophètes cités par le Coran, on trouve Abraham, Moïse, et un certain Aïssa que les *Évangiles* nomment Jésus… Enfin, la lecture de ce recueil de textes fondateurs offre un point de vue littéraire sur les grandes civilisations de l'Antiquité et permet de découvrir quelques récits dont les écrivains se sont continuellement nourris jusqu'à aujourd'hui.

Écritures sacrées

La Bible, *Ancien Testament*
La Bible, *Nouveau Testament*
Le Coran

LA BIBLE, *ANCIEN TESTAMENT*

Texte 1 : Dieu crée l'univers et l'humanité

Si vous ouvrez la Bible à son début, vous découvrez le livre de la Genèse. Ce mot vient du grec Genesis, *« la naissance ». Le premier récit de la Genèse est justement celui de la création ou de la naissance du monde. De nombreux textes sacrés de l'humanité commencent ainsi.*

Au commencement, Dieu créa le ciel et la terre. La terre était déserte et vide, et la ténèbre[1] à la surface de l'abîme[2] ; le souffle de Dieu planait à la surface des eaux,

et Dieu dit : « Que la lumière soit ! » Et la lumière fut. Dieu vit que la lumière était bonne. Dieu sépara la lumière de la ténèbre. Dieu appela la lumière « jour » et la ténèbre il l'appela « nuit ». Il y eut un soir, il y eut un matin : premier jour.

Dieu dit : « Qu'il y ait un firmament[3] au milieu des eaux et qu'il sépare les eaux d'avec les eaux ! » Dieu fit le firmament et il sépara les eaux inférieures au firmament d'avec les eaux supérieures. Il en fut ainsi. Dieu appela le firmament « ciel ». Il y eut un soir, il y eut un matin : deuxième jour.

Dieu dit : « Que les eaux inférieures au ciel s'amassent[4] en un seul lieu et que le continent paraisse ! » Il en fut ainsi. Dieu

---

1. L'obscurité.
2. Gouffre d'eaux salées.
3. Une voûte solide qui sépare les eaux supérieures des eaux inférieures (la voûte du ciel).
4. Se rassemblent.

appela « terre » le continent : il appela « mer » l'amas des eaux. Dieu vit que cela était bon.

Dieu dit : « Que la terre se couvre de verdure, d'herbe qui rend féconde sa semence[1], d'arbres fruitiers qui, selon leur espèce, portent sur terre des fruits ayant en eux-mêmes leur semence ! » Il en fut ainsi. La terre produisit de la verdure, de l'herbe qui rend féconde sa semence selon son espèce, des arbres qui portent des fruits ayant en eux-mêmes leur semence selon leur espèce. Dieu vit que cela était bon. Il y eut un soir, il y eut un matin : troisième jour.

Dieu dit : « Qu'il y ait des luminaires[2] au firmament du ciel pour séparer le jour de la nuit, qu'ils servent de signes tant pour les fêtes que pour les jours et les années, et qu'ils servent de luminaires au firmament du ciel pour illuminer la terre. » Il en fut ainsi. Dieu fit les deux grands luminaires, le grand luminaire pour présider au jour, le petit pour présider à la nuit, et les étoiles.

Dieu les établit dans le firmament du ciel pour illuminer la terre, pour présider[3] au jour et à la nuit et séparer la lumière de la ténèbre. Dieu vit que cela était bon. Il y eut un soir, il y eut un matin : quatrième jour.

Dieu dit : « Que les eaux grouillent[4] de bestioles vivantes et que l'oiseau vole au-dessus de la terre face au firmament du

---

1. Qui permet aux graines de germer, de produire des plantes.
2. Des astres dont la fonction est d'éclairer la Terre.
3. Veiller.
4. Soient pleines.

ciel. » Dieu créa les grands monstres marins, tous les êtres vivants et remuants selon leur espèce, dont grouillèrent les eaux, et tout oiseau ailé selon son espèce. Dieu vit que cela était bon. Dieu les bénit en disant : « Soyez féconds et prolifiques[1], remplissez les eaux dans les mers, et que l'oiseau prolifère sur la terre ! » Il y eut un soir, il y eut un matin : cinquième jour.

Dieu dit : « Que la terre produise des êtres vivants selon leur espèce : bestiaux, petites bêtes, et bêtes sauvages selon leur espèce ! » Il en fut ainsi. Dieu fit les bêtes sauvages selon leur espèce, les bestiaux selon leur espèce et toutes les petites bêtes du sol selon leur espèce. Dieu vit que cela était bon.

Dieu dit : « Faisons l'homme à notre image, selon notre ressemblance et qu'il soumette[2] les poissons de la mer, les oiseaux du ciel, les bestiaux, toute la terre et toutes les petites bêtes qui remuent sur la terre ! »

Dieu créa l'homme à son image, à l'image de Dieu il le créa ; mâle et femelle il les créa.

Dieu les bénit et Dieu leur dit : « Soyez féconds et prolifiques, remplissez la terre et dominez-la. Soumettez les poissons de la mer, les oiseaux du ciel et toute bête qui remue sur la terre ! »

Dieu dit : « Voici, je vous donne toute herbe qui porte sa semence sur toute la surface de la terre et tout arbre dont le fruit porte sa semence ; ce sera votre nourriture. À toute bête de

---

1. Nombreux, qui se multiplient rapidement.
2. Commande.

la terre, à tout oiseau du ciel, à tout ce qui remue sur la terre et qui a souffle de vie, je donne pour nourriture toute herbe mûrissante. » Il en fut ainsi. Dieu vit tout ce qu'il avait fait. Voilà, c'était très bon. Il y eut un soir, il y eut un matin : sixième jour.

La Bible, *Ancien Testament*, Genèse 1, 1-31,
traduction œcuménique de la Bible,

BIEN LIRE

- **Quel est le nombre du nom « Dieu » ? Pourquoi commence-t-il par une majuscule ?**
- **Quelle expression est répétée au début de plusieurs paragraphes ?**
- **Quel est le pouvoir de la parole de Dieu ?**
- **Refaites la liste des œuvres successives de Dieu : par quoi commence-t-Il ? Par quoi termine-t-Il ?**
- **Dans quel état d'esprit Dieu mène-t-il ce travail de création ? En combien de jours l'achève-t-Il ?**

Texte 2 : Le jardin d'Éden

Vous avez tous entendu parler du paradis terrestre, celui que Dieu confie à Adam, le premier homme. C'est un jardin merveilleux, que Dieu a planté dans un pays nommé Éden, à l'orient. Dans ce jardin, Adam et Ève vivront heureux, jusqu'au jour où le serpent, « la plus astucieuse de toutes les bêtes des champs », troublera ce bonheur.

Le jour où le SEIGNEUR Dieu fit la terre et le ciel, il n'y avait encore sur la terre aucun arbuste des champs et aucune herbe des champs n'avait encore germé, car le SEIGNEUR Dieu n'avait pas fait pleuvoir sur la terre et il n'y avait pas d'homme pour cultiver le sol ; mais un flux[1] montait de la terre et irriguait[2] toute la surface du sol. Le SEIGNEUR Dieu modela l'homme avec de la poussière prise du sol. Il insuffla[3] dans ses narines l'haleine de vie, et l'homme devint un être vivant. Le SEIGNEUR Dieu planta un jardin en Éden[4], à l'orient[5], et il y plaça l'homme qu'il avait formé. Le SEIGNEUR Dieu fit germer du sol tout arbre d'aspect attrayant et bon à manger, l'arbre de vie au milieu du jardin et l'arbre de la connaissance du bonheur et du malheur.

Un fleuve sortait d'Éden pour irriguer le jardin ; de là il se partageait pour former quatre bras. L'un d'eux s'appelait

---

1. Un cours d'eau.
2. Donnait de l'eau à.
3. Il fit pénétrer par le souffle.
4. Mot hébreu qui désigne le paradis et qui a également le sens de « jouissance ».
5. L'est.

Pishôn[1] ; c'est lui qui entoure tout le pays de Hawila[2] où se trouvent l'or – et l'or de ce pays est bon – ainsi que le bdellium[3] et la pierre d'onyx[4]. Le deuxième fleuve s'appelait Guihôn[5] ; c'est lui qui entoure tout le pays de Koush[6]. Le troisième fleuve s'appelait Tigre ; il coule à l'orient d'Assour. Le quatrième fleuve, c'était l'Euphrate[7].

Le SEIGNEUR Dieu prit l'homme et l'établit dans le jardin d'Éden pour cultiver le sol et le garder. Le SEIGNEUR Dieu prescrivit à l'homme : « Tu pourras manger de tout arbre du jardin, mais tu ne mangeras pas de l'arbre de la connaissance du bonheur et du malheur car, du jour où tu en mangeras, tu devras mourir. »

Le SEIGNEUR Dieu dit : « Il n'est pas bon pour l'homme d'être seul. Je veux lui faire une aide qui lui soit accordée[8]. » Le SEIGNEUR Dieu modela du sol toute bête des champs et tout oiseau du ciel qu'il amena à l'homme pour voir comment il les désignerait. Tout ce que désigna l'homme avait pour nom « être vivant » ; l'homme désigna par leur nom tout bétail, tout oiseau du ciel et toute bête des champs, mais pour lui-même, l'homme ne trouva pas l'aide qui lui soit accordée. Le SEIGNEUR Dieu fit

---

1. Fleuve inconnu de la géographie réelle.
2. Région d'Arabie ou du Sud de la Palestine.
3. Résine de couleur jaune qui sent bon.
4. Pierre semi-précieuse.
5. Fleuve inconnu de la géographie réelle.
6. La Nubie, l'Éthiopie ou une région du Sud-Est de la Palestine.
7. Le Tigre et l'Euphrate sont les deux grands fleuves de la Mésopotamie ; la région d'Assour (l'Assyrie) est située en Haute-Mésopotamie.
8. Qui aille avec lui, qui soit proche de lui.

tomber dans une torpeur[1] l'homme qui s'endormit ; il prit l'une de ses côtes et referma les chairs à sa place. Le SEIGNEUR Dieu transforma la côte qu'il avait prise à l'homme en une femme qu'il lui amena. L'homme s'écria :

« Voici cette fois l'os de mes os et la chair de ma chair, celle-ci, on l'appellera femme car c'est de l'homme qu'elle a été prise. »

Aussi l'homme laisse-t-il son père et sa mère pour s'attacher à sa femme, et ils deviennent une seule chair.

La Bible, *Ancien Testament*, Genèse 2, 5-24,
traduction œcuménique de la Bible,

1. Un profond sommeil.

BIEN LIRE

- **Que trouve-t-on dans le jardin d'Éden ?**
- **Repérez dans la « carte » de la région d'Éden les noms qui renvoient à une géographie réelle, naturelle.**
- **L'homme a-t-il un nom ? Quelle est sa fonction dans ce jardin ?**
- **Pourquoi Dieu crée-t-Il, successivement, les bêtes, puis la femme ?**
- **À partir de quel élément Dieu crée-t-Il la femme ?**

Texte 3 : Abraham est prêt à sacrifier Isaac

Un jour, au coucher du soleil, un profond sommeil saisit Abraham, qui est le premier homme à avoir eu « foi dans le Seigneur ». Dieu conclut une alliance avec lui et lui dit : « C'est à ta descendance que je donne ce pays, du fleuve d'Égypte au grand fleuve, le fleuve d'Euphrate. »

Mais Abraham n'a toujours pas d'enfant de sa femme Sara. Alors Dieu intervient et, bien qu'ils soient très vieux, donne un fils à Sara et Abraham. Il a pour nom Isaac.

Or, après ces événements, Dieu mit Abraham à l'épreuve et lui dit : « Abraham » ; il répondit : « Me voici. » Il reprit : « Prends ton fils, ton unique, Isaac, que tu aimes. Pars pour le pays de Moriyya[1] et là, tu l'offriras en holocauste[2] sur celle des montagnes que je t'indiquerai. » Abraham se leva de bon matin, sangla son âne, prit avec lui deux de ses jeunes gens et son fils Isaac. Il fendit les bûches pour l'holocauste. Il partit pour le lieu que Dieu lui avait indiqué. Le troisième jour, il leva les yeux et vit de loin ce lieu. Abraham dit aux jeunes gens : « Demeurez ici, vous, avec l'âne ; moi et le jeune homme, nous irons là-bas pour nous prosterner[3] ; puis nous reviendrons vers vous. »

Abraham prit les bûches pour l'holocauste et en chargea son fils Isaac ; il prit en main la pierre à feu et le couteau, et tous deux

1. Peut-être la région de Jérusalem, la montagne étant alors la colline de Sion.
2. Sacrifice.
3. Nous incliner dans une attitude de soumission.

s'en allèrent ensemble. Isaac parla à son père Abraham : « Mon père » dit-il, et Abraham répondit : « Me voici, mon fils. » Il reprit : « Voici le feu et les bûches ; où est l'agneau pour l'holocauste ? » Abraham répondit : « Dieu saura voir[1] l'agneau pour l'holocauste, mon fils. » Tous deux continuèrent à aller ensemble.

Lorsqu'ils furent arrivés au lieu que Dieu lui avait indiqué, Abraham y éleva un autel[2] et disposa les bûches. Il lia son fils Isaac et le mit sur l'autel au-dessus des bûches. Abraham tendit la main pour prendre le couteau et immoler[3] son fils. Alors l'ange du SEIGNEUR l'appela du ciel et cria : « Abraham ! Abraham ! » Il répondit : « Me voici. » Il reprit : « N'étends pas la main sur le jeune homme. Ne lui fais rien, car maintenant je sais que tu crains Dieu, toi qui n'as pas épargné ton fils unique pour moi. » Abraham leva les yeux, il regarda, et voici qu'un bélier était pris par les cornes dans un fourré. Il alla le prendre pour l'offrir en holocauste à la place de son fils. Abraham nomma ce lieu « le SEIGNEUR voit » ; aussi dit-on aujourd'hui : « C'est sur la montagne que le SEIGNEUR est vu. »

L'ange du SEIGNEUR appela Abraham du ciel une seconde fois et dit : « Je le jure par moi-même, oracle[4] du SEIGNEUR. Parce que tu as fait cela et n'as pas épargné ton fils unique, je m'engage à te bénir, et à faire proliférer ta descendance autant que les étoiles du ciel et le sable au bord de la mer. Ta descendance

---

1. Saura trouver.
2. Une table de pierre qui sert aux sacrifices.
3. Sacrifier.
4. Celui qui transmet la parole de Dieu.

occupera la Porte de ses ennemis ; c'est en elle que se béniront toutes les nations de la terre parce que tu as écouté ma voix. »

La Bible, *Ancien Testament*, Genèse 22, 1-18,
traduction œcuménique de la Bible,
© Société biblique française et éd. du Cerf, 2004.

BIEN LIRE

- **Qu'est-ce qui peut paraître choquant dans le comportement d'Abraham ? Discute-t-il l'ordre de Dieu ?**
- **Quels sont les instruments nécessaires au sacrifice ?**
- **Isaac imagine-t-il qu'il est l'offrande faite à Dieu ?**
- **Le texte évoque-t-il les pensées d'Abraham et de son fils au moment du sacrifice ?**
- **Quel était l'enjeu de l'épreuve ? Quelle est la créature qui intervient pour arrêter le bras d'Abraham ?**
- **Quel est le contenu de la promesse faite par Dieu à Abraham ?**

Texte 4 : Naissance et enfance de Moïse

L'Exode *est le deuxième livre de la Bible. Il raconte comment « Dieu fait sortir Israël du pays d'Égypte », où celui-ci est brimé, harcelé, puis réduit en esclavage. La persécution s'aggrave quand Pharaon, inquiet de voir le peuple hébreux trop nombreux et trop fort, ordonne aux sages-femmes des Hébreux, puis à tout le peuple de faire mourir les garçons nouveau-nés, en les jetant dans le Fleuve. C'est dans ce contexte tragique que naît celui qui ne s'appelle pas encore Moïse.*

Un homme de la famille de Lévi[1] s'en alla prendre une fille de Lévi. La femme conçut[2], enfanta un fils, vit qu'il était beau et le cacha pendant trois mois. Ne pouvant le cacher plus longtemps, elle lui trouva une caisse en papyrus, l'enduisit de bitume[3] et de poix[4], y mit l'enfant et la déposa dans les joncs sur le bord du Fleuve[5]. La sœur de l'enfant se posta à distance pour savoir ce qui lui adviendrait[6].

Or, la fille de Pharaon descendit se laver au Fleuve, tandis que ses suivantes marchaient le long du Fleuve. Elle vit la caisse parmi les joncs et envoya sa servante la prendre. Elle ouvrit et regarda l'enfant : c'était un garçon qui pleurait. Elle eut pitié de lui.

---

1. Nom d'une des douze tribus d'Israël.
2. Fut enceinte.
3. Matière noire et malléable qui servait à imperméabiliser.
4. Matière visqueuse à base de goudron.
5. Le Nil.
6. Arriverait.

« C'est un enfant des Hébreux[1] », dit-elle. Sa sœur dit à la fille de Pharaon : « Veux-tu que j'aille appeler une nourrice chez les femmes des Hébreux ? Elle pourrait allaiter[2] l'enfant pour toi. – Va », lui dit la fille de Pharaon. Et la jeune fille appela la mère de l'enfant. « Emmène cet enfant et allaite-le-moi, lui dit la fille de Pharaon, et c'est moi qui te donnerai un salaire. » La femme prit l'enfant et l'allaita.

L'enfant grandit, elle l'amena à la fille de Pharaon. Il devint pour elle un fils et elle lui donna le nom de « Moïse », car, dit-elle, « je l'ai tiré des eaux ».

La Bible, *Ancien Testament*, Exode 2, 1-10,
traduction œcuménique de la Bible,

1. Peuple réduit en esclavage par Pharaon et conduit hors d'Égypte par Moïse.
2. Donner son lait.

BIEN LIRE

- **L'enfant est-il totalement séparé de sa famille ? Quelle est la ruse de la sœur de Moïse ?**
- **Où Moïse passe-t-il sa petite enfance ?**

Texte 5 : Dieu ouvre un passage à travers la mer

Moïse a grandi chez Pharaon mais, parce qu'il a tué un Égyptien qui frappait un Hébreu, il doit fuir au pays de Madian. Là, Dieu lui confie la mission de faire sortir d'Égypte les fils d'Israël. Moïse revient au palais de Pharaon et lui dit le commandement de Dieu. Devant le refus de Pharaon, Dieu fait s'abattre sur l'Égypte dix terribles fléaux ; le dernier fait mourir tous les premiers-nés, « du premier-né de Pharaon […] au premier-né du bétail ». Alors, après 430 années de captivité, les fils d'Israël quittent l'Égypte. Mais Pharaon lance son armée à la poursuite des Hébreux qui campent au bord de la mer.

Le SEIGNEUR dit à Moïse : « Qu'as-tu à crier vers moi ? Parle aux fils d'Israël : qu'on se mette en route ! Et toi, lève ton bâton, étends la main sur la mer, fends-la : et que les fils d'Israël pénètrent au milieu de la mer à pied sec[1]. Et moi, je vais endurcir le cœur des Égyptiens pour qu'ils y pénètrent derrière eux et que je me glorifie aux dépens de[2] Pharaon et de toutes ses forces, de ses chars et de ses cavaliers. Ainsi les Égyptiens connaîtront que c'est moi le SEIGNEUR, quand je me serai glorifié aux dépens de Pharaon, de ses chars et de ses cavaliers. »

L'ange de Dieu qui marchait en avant du camp d'Israël partit et passa sur leurs arrières. La colonne de nuée[3] partit de

1. Sans se mouiller les pieds.
2. Je montre ma puissance à la charge de, au détriment de.
3. Colonne formée de nuages, qui signale la présence de Dieu auprès de Son peuple.

devant eux et se tint sur leurs arrières. Elle s'inséra[1] entre le camp des Égyptiens et le camp d'Israël. Il y eut la nuée, mais aussi les ténèbres ; alors elle éclaira la nuit. Et l'on ne s'approcha pas l'un de l'autre de toute la nuit.

Moïse étendit la main sur la mer. Le SEIGNEUR refoula[2] la mer toute la nuit par un vent d'est puissant et il mit la mer à sec. Les eaux se fendirent et les fils d'Israël pénétrèrent au milieu de la mer à pied sec, les eaux formant une muraille[3] à leur droite et à leur gauche. Les Égyptiens les poursuivirent et pénétrèrent derrière eux – tous les chevaux de Pharaon, ses chars et ses cavaliers – jusqu'au milieu de la mer.

Or, au cours de la veille du matin[4], depuis la colonne de feu et de nuée, le SEIGNEUR observa le camp des Égyptiens et il mit le désordre dans le camp des Égyptiens. Il bloqua les roues de leurs chars et en rendit la conduite pénible. L'Égypte dit : « Fuyons loin d'Israël, car c'est le SEIGNEUR qui combat pour eux contre l'Égypte ! » Le SEIGNEUR dit à Moïse : « Étends la main sur la mer : que les eaux reviennent sur l'Égypte, sur ses chars et ses cavaliers ! » Moïse étendit la main sur la mer. À l'approche du matin, la mer revint à sa place habituelle, tandis que les Égyptiens fuyaient à sa rencontre. Et le SEIGNEUR se débarrassa des Égyptiens au milieu de la mer. Les eaux revinrent et recouvrirent les chars et les cavaliers ; de toutes les forces de

1. Elle se plaça.
2. Fit reculer.
3. Un mur haut et large.
4. La dernière période de la nuit.

Pharaon qui avaient pénétré dans la mer derrière Israël, il ne resta personne. Mais les fils d'Israël avaient marché à pied sec au milieu de la mer, les eaux formant une muraille à leur droite et à leur gauche.

La Bible, *Ancien Testament*, Exode 14, 15-29,
traduction œcuménique de la Bible,

BIEN LIRE

- **Sur quel ton Dieu s'adresse-t-Il à Moïse ? Que veut-Il prouver aux Égyptiens ?**
- **À qui renvoient les pronoms « l'un » et « l'autre » (l. 15) ?**
- **Quel est le pouvoir de la parole de Moïse ? Comment Dieu l'aide-t-Il dans son action ?**
- **Quel est finalement le sort de l'un et l'autre peuple ?**

LA BIBLE, *NOUVEAU TESTAMENT*

Texte 6 : Les mages

Les trois mages (Gaspar, Melchior et Balthazar) – que la tradition chrétienne a transformés en « rois-mages » – viennent d'Orient à Jérusalem pour adorer l'Enfant Jésus.

Jésus étant né à Bethléem de Judée[1], au temps du roi Hérode[2], voici que des mages[3] venus d'Orient arrivèrent à Jérusalem[4] en disant : « Où est le roi des Juifs qui vient de naître ? Nous avons vu, en effet, son astre[5] à son lever et sommes venus lui rendre hommage. » L'ayant appris, le roi Hérode s'émut, et tout Jérusalem avec lui. Il assembla tous les grands prêtres avec les scribes[6] du peuple, et il s'enquérait[7] auprès d'eux du lieu où devait naître le Christ. « À Bethléem de Judée, lui dirent-ils ; ainsi, en effet, est-il écrit par le prophète :

Et toi, Bethléem, terre de Juda[8],
tu n'es nullement le moindre des clans[9] de Juda ;

---

1. La Judée est une province romaine de la Palestine.
2. Roi de Judée en 37 avant J.-C. ; il se comporta en despote.
3. Des astrologues, qui étudient le ciel et les astres.
4. Ville de Judée.
5. Son étoile (c'est une étoile qui a signalé l'endroit où Jésus était né).
6. Hommes dont la fonction est d'écrire ; écrivains publics.
7. Il demandait.
8. Tribu du Sud d'Israël.
9. La plus petite des tribus.

car de toi sortira un chef
qui sera pasteur de mon peuple Israël[1]. »

Alors Hérode manda[2] secrètement les mages, se fit préciser par eux le temps de l'apparition de l'astre, et les envoya à Bethléem en disant : « Allez vous renseigner exactement sur l'enfant ; et quand vous l'aurez trouvé, avisez-moi[3], afin que j'aille, moi aussi, lui rendre hommage. » Sur ces paroles du roi, ils se mirent en route ; et voici que l'astre, qu'ils avaient vu à son lever, les précédait jusqu'à ce qu'il vînt s'arrêter au-dessus de l'endroit où était l'enfant. À la vue de l'astre ils se réjouirent d'une très grande joie. Entrant alors dans le logis, ils virent l'enfant avec Marie sa mère, et, se prosternant, ils lui rendirent hommage ; puis, ouvrant leurs cassettes[4], ils lui offrirent en présents de l'or, de l'encens[5] et de la myrrhe[6]. Après quoi, avertis en songe de ne point retourner chez Hérode, ils prirent une autre route pour rentrer dans leur pays.

La Bible de Jérusalem, *Nouveau Testament*, Matthieu II, 1-12,
trad. École biblique de Jérusalem, © éd. du Cerf, 1998.

1. Qui rassemblera le peuple d'Israël comme un berger le fait avec son troupeau (pasteur signifie « berger »).
2. Fit chercher.
3. Faites-le-moi savoir.
4. Leurs petits coffrets.
5. Substance qui répand une odeur aromatique en brûlant.
6. Résine aromatique.

BIEN LIRE

- **Quels éléments montrent que les mages sont des astrologues ?**
- **Comment faut-il comprendre le verbe « s'émut » (l. 6) ?**
- **Quels éléments rendent cette naissance extraordinaire ? Par quelles expressions l'enfant est-il nommé ?**
- **Quelles sont, selon vous, les intentions du roi Hérode ?**

Texte 7 : La mort de Jésus

Jésus, qui se dit le fils de Dieu, est devenu gênant pour les autorités religieuses juives et pour Rome. Trahi par son disciple Judas, il est arrêté et condamné à la crucifixion par Ponce Pilate, procurateur romain.

Ils prirent donc Jésus. Et il sortit, portant sa croix, et vint au lieu dit du Crâne[1] – ce qui se dit en hébreu *Golgotha* – où ils le crucifièrent[2] et avec lui deux autres : un de chaque côté et, au milieu, Jésus. Pilate[3] rédigea aussi un écriteau et le fit placer sur la croix. Il y était écrit : « Jésus le Nazôréen[4], le roi des Juifs ». Cet écriteau, beaucoup de Juifs le lurent, car le lieu où Jésus fut mis en croix était proche de la ville, et c'était écrit en hébreu, en latin et en grec. Les grands prêtres des Juifs dirent à Pilate : « N'écris pas : *Le roi des Juifs*, mais : *Cet homme a dit : Je suis le roi des Juifs.* » Pilate répondit : « Ce que j'ai écrit, je l'ai écrit. »

Lorsque les soldats eurent crucifié Jésus, ils prirent ses vêtements et firent quatre parts, une part pour chaque soldat, et la tunique. Or la tunique était sans couture, tissée d'une pièce à partir du haut ; ils se dirent donc entre eux : « Ne la déchirons pas, mais tirons au sort qui l'aura » : afin que l'Écriture fût accomplie[5] :

---

1. Lieu que l'on désigne du nom de *crâne*.
2. Ils le clouèrent à une croix.
3. Procurateur romain de la province de Judée.
4. De Nazareth, ville de Galilée.
5. Référence à l'*Ancien Testament*.

Ils se sont partagé mes habits,
et mon vêtement, ils l'ont tiré au sort.
Voilà ce que firent les soldats.

Or près de la croix de Jésus se tenaient sa mère et la sœur de sa mère, Marie, femme de Clopas, et Marie de Magdala[1]. Jésus donc voyant sa mère et, se tenant près d'elle, le disciple[2] qu'il aimait, dit à sa mère : « Femme, voici ton fils. » Puis il dit au disciple : « Voici ta mère. » Dès cette heure-là, le disciple l'accueillit chez lui. Après quoi, sachant que désormais tout était achevé, pour que l'Écriture fût parfaitement accomplie, Jésus dit :

« *J'ai soif.* »

Un vase était là, rempli de vinaigre. On mit autour d'une branche d'hysope[3] une éponge imbibée de vinaigre et on l'approcha de sa bouche. Quand il eut pris le vinaigre, Jésus dit : « C'est achevé » et, inclinant la tête, il remit l'esprit[4].

La Bible de Jérusalem, *Nouveau Testament*, Jean 19, 16-30,
trad. École biblique de Jérusalem, © éd. du Cerf, 1998.

1. Marie-Madeleine, disciple de Jésus.
2. Élève et ami ; ici, Jean.
3. Plante qui servait aux aspersions rituelles.
4. Rendit l'âme.

BIEN LIRE

- **Pourquoi les grands prêtres veulent-ils que Pilate corrige l'inscription de l'écriteau ?**
- **À quel peuple les soldats appartiennent-ils ?**
- **Combien de femmes assistent à la mort de Jésus ?**
- **Quel est le dernier acte de Jésus ? Quelle est sa dernière parole ?**
- **Pourquoi lui propose-t-on du vinaigre à la place de l'eau ?**
- **Quel adjectif pourrait caractériser cette mort ?**

LE CORAN

Texte 8 : L'origine du mot « musulman »

Le Coran est le livre sacré des musulmans. La tradition dit qu'il a été transmis au prophète Mohammed par Allah et qu'il est une « dictée surnaturelle enregistrée par le prophète inspiré » (L. Massignon, Situation de l'Islam, *1939). Parmi les prophètes cités dans le Coran, Abraham occupe une place de choix : il s'est soumis à Dieu et à prêché le Dieu unique à des peuples polythéistes.*

Nous avons, en vérité, choisi Abraham en ce monde
et, dans l'autre, il sera au nombre des justes.

Son Seigneur lui dit :
« Soumets-toi[1] ! »

Il répondit :
« Je me soumets au Seigneur des mondes ! »

Abraham a ordonné à ses enfants :
– et Jacob[2] fit de même –
« Ô mes enfants !

1. Accepte ma loi.
2. Fils d'Isaac (lui-même fils d'Abraham) et de Rébecca, son épouse.

Dieu a choisi pour vous la Religion ;
ne mourez que soumis à lui. »

Étiez-vous présents, lorsque la mort se présenta à Jacob
et qu'il dit à ses enfants :
« Qu'allez-vous adorer après moi ? »

Ils dirent :
« Nous adorons ton Dieu,
le Dieu de tes pères : Abraham, Ismaël et Isaac[1],
– Dieu unique ! –
et nous nous soumettons à lui. »

Cette communauté[2] a passé.
Ce qu'elle a acquis par ses œuvres[3] lui appartient,
et ce que vous avez acquis vous revient ;
vous ne serez pas interrogés sur leurs actes.

Ils ont dit :
« Soyez juifs, ou soyez chrétiens,
vous serez bien dirigés. »

Dis :
« Mais non !...

---

1. Les deux fils d'Abraham ; le premier a pour mère Agar, servante d'Abraham, le second Sarah.
2. Cette génération d'hommes.
3. Ce qu'elle a obtenu par ses actes.

Suivez la Religion d'Abraham, un vrai croyant
qui n'était pas au nombre des polythéistes[1]. »

Le Coran, *Sourate II*, trad. D. Masson, © Gallimard.

1. Qui adorent plusieurs dieux.

BIEN LIRE

- **À qui renvoie le « nous » (l. 1) ?**
- **Quel est l'épisode de l'*Ancien Testament* dont Abraham est le personnage principal ?**
- **Quel est « l'autre » monde (l. 2) ?**
- **Comment la religion musulmane se transmet-elle ?**
- **Qu'est-ce que sous-entend l'adjectif « vrai » (l. 29) ?**

Texte 9 : Le Ramadan

Le Coran, fondement de la loi religieuse, formule les cinq obligations auxquelles tout musulman doit se soumettre : la profession de foi, la prière, le jeûne, l'aumône et le pèlerinage. L'obligation et la pratique du jeûne durant le mois de Ramadan sont précisés dans la Sourate II.

Ô vous qui croyez !
Le jeûne[1] vous est prescrit[2]
comme il a été prescrit
aux générations qui vous ont précédés.
– Peut-être craindrez-vous Dieu –

Jeûnez durant des jours comptés.
Celui d'entre vous qui est malade ou qui voyage
jeûnera ensuite un nombre égal de jours.

Ceux qui pourraient jeûner et qui s'en dispensent[3],
devront, en compensation[4], nourrir un pauvre.
Celui qui, volontairement, fera davantage
y trouvera son propre bien.

1. Le fait de s'abstenir de manger.
2. Ordonné.
3. Ne le font pas.
4. En échange.

Jeûner est un bien pour vous.
Peut-être le comprendrez-vous.

Le Coran a été révélé durant le mois de Ramadan.
C'est une Direction[1] pour les hommes ;
une manifestation claire de la Direction et de la Loi.

Quiconque d'entre vous verra la nouvelle lune[2]
jeûnera le mois entier.
Celui qui est malade ou celui qui voyage
jeûnera ensuite le même nombre de jours.

Dieu veut la facilité pour vous,
il ne veut pas, pour vous, la contrainte.

Achevez cette période de jeûne ;
exaltez la grandeur de Dieu qui vous a dirigés.
– Peut-être serez-vous reconnaissants –

Quand mes serviteurs[3] t'interrogent à mon sujet,
je suis proche, en vérité ;
je réponds à l'appel de celui qui m'invoque[4],
quand il m'invoque.

---

1. Un commandement.
2. Le calendrier musulman est lunaire. Le Ramadan commence à la nouvelle lune, qui marque le début du 9e mois du calendrier.
3. Les hommes qui se soumettent à moi.
4. M'appelle.

Qu'ils répondent donc à mon appel ;
qu'ils croient en moi.
– Peut-être seront-ils bien dirigés –

La cohabitation[1] avec vos femmes vous est permise
durant la nuit qui suit le jeûne.
Elles sont un vêtement[2] pour vous,
vous êtes, pour elles, un vêtement.

Dieu savait que vous vous lésiez[3] vous-mêmes ;
il est revenu vers vous ;
il vous a pardonné.
Cohabitez maintenant avec vos femmes.
Recherchez ce que Dieu vous a prescrit.

Mangez et buvez
jusqu'à ce que l'on puisse distinguer à l'aube
un fil blanc d'un fil noir.
Jeûnez, ensuite, jusqu'à la nuit.

N'ayez aucun rapport avec vos femmes
lorsque vous êtes en retraite dans la mosquée.

---

1. Le fait de partager le même lit.
2. Une protection.
3. Vous vous faisiez du mal.

Telles sont les Lois de Dieu ;
ne les transgressez pas[1].
Voilà comment Dieu explique aux hommes ses Signes.
Peut-être le craindront-ils !

Le Coran, *Sourate II*, trad. D. Masson, © Gallimard.

1. Ne les violez pas, respectez-les.

BIEN LIRE

- **Pourquoi le jeûne de Ramadan a-t-il été établi par Dieu ?**
- **Quelles règles du jeûne acceptent des aménagements ? Quelles sont celles qui n'en acceptent pas ?**
- **À quel moment le jeûne et l'abstinence sont-ils suspendus ?**
- **Quel sentiment Dieu attend-Il des hommes à Son égard ?**

Épopées

Homère, *L'Odyssée*
Virgile, *L'Énéide*

HOMÈRE, *L'ODYSSÉE*

Texte 10 : Le Cyclope

Pendant dix ans, Ulysse, guerrier grec, a fait le siège de la ville de Troie. Après la victoire de son camp, il veut rejoindre son royaume d'Ithaque où l'attendent Pénélope, sa femme, et Télémaque, son fils. Mais le retour est douloureux car le voyage sur les flots, à travers un monde inconnu, lui ménage de nombreuses tempêtes et des rencontres périlleuses. Comme celle avec le Cyclope Polyphème, monstre à un seul œil, fils de Poséidon, le dieu de la Mer ; celui-ci retient Ulysse et ses compagnons dans sa grotte.

Le Cyclope[1] avait placé près d'un parc un grand bâton en bois vert d'olivier. Il l'avait coupé pour le porter une fois sec. En le regardant, nous l'avions ni plus ni moins comparé au mât d'une nef[2] noire à vingt rames, d'un large transport qui franchit le grand gouffre : il était aussi long à le regarder, et aussi gros. Je m'approchai et j'en retranchai un morceau, ni plus ni moins d'une brasse[3], que je remis aux mains de mes compagnons, avec ordre de le gratter. Ils le rendirent tout uni, et moi, je m'approchai et j'en taillai l'extrémité en pointe. Je le pris aussitôt et le mis dans le feu brûlant. Quand je l'eus durci au feu,

---

1. Créature monstrueuse, qui ne possède qu'un seul œil et qui vit avec ses semblables sur une île. Il s'agit ici de Polyphème, fils de Poséidon. Les Cyclopes sont pasteurs, bâtisseurs ou forgerons.
2. Un navire.
3. Ancienne mesure grecque qui correspond à 1,77 m environ.

je le déposai avec soin, en le dissimulant, sous le fumier, dont il y avait une quantité folle, abondamment répandue partout dans la grotte. Les autres, à mon commandement, agitèrent les sorts[1] pour savoir qui oserait soulever le pal[2] avec moi et l'écraser sur l'œil du Cyclope, quand l'atteindrait le doux sommeil. Le sort désigna ceux-là précisément que j'eusse voulu moi-même choisir. Ils étaient quatre, et moi, dans le compte, je faisais avec eux le cinquième.

Le Cyclope vint le soir, menant le troupeau de ses bêtes au beau poil. Il poussa aussitôt son gras troupeau dans la large grotte, toutes les bêtes absolument, et n'en laissa point au-dedans de l'enceinte[3] profonde de la cour, soit qu'il eût quelque idée, soit encore qu'un dieu l'eût ainsi ordonné. Ensuite il mit en place la grande pierre de la porte qu'il leva en l'air. Puis il s'assit pour traire les brebis et les chèvres bêlantes, tout comme il convient, et sous chacune d'elles il lâcha un petit[4]. Quand, à force de besogner[5], il eut terminé son travail, il saisit encore deux hommes à la fois, pour préparer son souper[6]. Alors je m'approchai tout près du Cyclope et m'adressai à lui, tenant à pleines mains un pot de vin noir :

« Tiens, Cyclope ! Après avoir mangé de la viande humaine, bois du vin, pour savoir quelle était cette boisson cachée dans notre nef. Je l'avais apportée, moi, en vue d'une libation[7] en ton

1. Jetèrent les jetons qui décideraient du sort de chacun.
2. Le grand bâton.
3. L'espace fermé.
4. Il laissa les petits rejoindre leur mère.
5. Travailler.
6. Pour en faire son repas.
7. Boisson offerte aux dieux.

honneur, espérant que tu aurais pitié de moi et me ferais escorter[1] jusque dans mon pays. Mais la fureur qui te tient n'est plus supportable. Fou que tu es, comment, après cela, dans la vaste humanité, un autre viendrait-il encore à toi ? Car tu n'as pas agi de la manière qui convient. »

Telles furent mes paroles. Il accepta et but d'un trait, buvant avec de terribles délices la délicieuse boisson. Il en voulut une seconde fois et m'en redemanda :

« Donne-m'en encore ! Fais voir ton bon cœur ! Et dis-moi ton nom tout de suite. Je veux te donner un présent d'hospitalité[2] pour te mettre en joie… Car les champs à blé des Cyclopes rapportent le vin des riches grappes que font croître pour eux les averses de Zeus ; mais là, c'est de l'ambroisie et du nectar[3] que l'on a distillés[4] ! »

Il dit, et moi de lui passer encore le vin qui flamboie. Trois fois j'en apportai pour le lui donner ; trois fois il but d'un trait, sans réfléchir. Sitôt que le vin eut enveloppé l'esprit du Cyclope, je lui adressai d'apaisantes paroles :

« Tu me demandes mon nom connu, Cyclope. Je vais te le révéler ; mais toi, donne-moi un présent d'hospitalité, comme tu l'as promis. Personne est mon nom. Mon père, ma mère, tous mes compagnons aussi m'appellent Personne. »

Ce furent mes paroles, et lui, le cœur impitoyable, me répondit aussitôt :

---

1. Accompagner.
2. Un cadeau de bienvenue.
3. Le nectar et l'ambroisie sont les nourritures des dieux.
4. Produits par purification.

« Je mangerai Personne le dernier, après ses compagnons, et commencerai par les autres. Voilà ton présent d'hospitalité ! »

À ces mots, il se renversa et tomba sur le dos. Et puis il resta étendu, son gros cou de travers. Le sommeil le prenait tout entier – il n'est rien qu'il ne dompte[1] ! Du vin sortait précipité de son gosier, et des morceaux de chair humaine. Et il éructait[2], lourd de vin.

Alors je poussai le pal sous la masse de braise pour le chauffer et adressai des paroles d'encouragement à tous mes compagnons, ne voulant pas qu'il y en eût un qui prît peur et se dérobât. Au moment où, dans le feu, le pal en bois d'olivier fut sur le point de s'enflammer, tout vert qu'il était, et que, terrible, une lueur se laissa entrevoir, je le sortis du feu et l'approchai. Mes compagnons se mirent debout tout autour : une divinité leur avait inspiré un grand courage. Ils saisirent le pal en bois d'olivier au bout aiguisé, l'appuyèrent sur l'œil, et moi par-dessus d'appuyer, en le faisant tourner… Un homme vient-il à forer[3] un bois de nef à la foreuse[4], les autres lui donnent le branle[5] par-dessous, des deux côtés empoignant la courroie[6] ; et, sans jamais quitter sa place, la foreuse va son train… Ainsi, ayant saisi le pal, dans son œil, la pointe en feu, nous le faisions tourner. Le pal était chaud. Le sang coulait alentour. Le souffle de la flamme

1. Maîtrise.
2. Faisait sortir des rots.
3. Creuser un trou dans.
4. Outil qui sert à creuser un trou.
5. Donnent un mouvement de balancement.
6. La poignée de cuir.

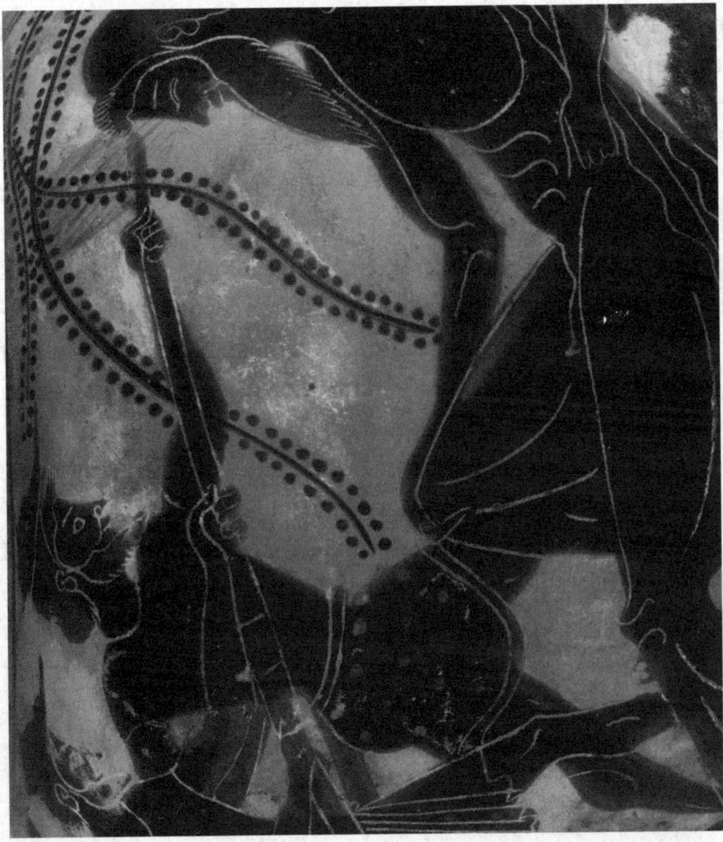

Ulysse et ses compagnons aveuglant Polyphème, vase en céramique, Ve s. av. J.-C., musée du Louvre, © Chuzeville/RMN

gagnait partout et lui grillait toutes les paupières et les poils du sourcil, tandis que brûlait sa prunelle et que le feu lui crépitait jusqu'aux racines[1]… Grande cognée ou hachereau[2], quand le forgeron les trempe dans l'eau froide, font un grand cri pendant le traitement – et c'est alors que le fer a sa force… Autour du pal en bois d'olivier, ainsi sifflait l'œil du Cyclope.

Il poussa un grand gémissement effrayant, dont le roc autour de lui résonna. Nous bondîmes de côté, pris de peur. Il tira de son œil le pal enduit de sang en quantité, et de ses mains le lança loin de lui. Il délirait. À pleine voix, il appelait les Cyclopes qui habitaient aux alentours, parmi les sommets éventés, dans les grottes. Entendant ses cris, ils allaient et venaient de tous les côtés, puis, se postant autour de la grotte, ils lui demandèrent ce qui l'affligeait :

« Pourquoi donc, Polyphème, as-tu jeté ainsi de tels cris de détresse à travers la nuit immortelle, nous ôtant le sommeil ? Y a-t-il quelqu'un des mortels qui malgré toi prend en chasse ton troupeau ? Y a-t-il quelqu'un qui par ruse ou violence entreprend de te tuer ? »

Du fond de sa caverne, le puissant Polyphème leur dit alors :

« Personne, mes amis !… Et c'est ruse, non violence, qui me tue ! »

Mais eux de lui adresser en réponse des mots empennés[3] :

1. Les racines des cheveux.
2. Une cognée est une hache, un hachereau une petite hache.
3. Ailés. Expression régulièrement employée par Homère.

« Puisque personne n'emploie contre toi la violence et que tu es seul, c'est que tu as une maladie que t'envoie le grand Zeus[1] ! Il n'y a pas moyen de l'éviter ! Tu n'as qu'à prier le seigneur Poséidon[2], ton père. »

C'est ce qu'ils lui dirent en s'en allant. Et moi de rire dans mon cœur, en pensant comme mon nom et un artifice – personne ! … – sans défaut les avaient trompés.

Homère, *L'Odyssée*, chant IX, trad. L. Bardollet,
« Bouquins », © Robert Laffont, 1995.

1. Le roi des dieux.
2. Le dieu de la Mer, qui règne sur les hommes.

BIEN LIRE

- **Quel est le projet d'Ulysse et de ses compagnons pour échapper au Cyclope ?**
- **Quelle est l'activité du Cyclope Polyphème ?**
- **Sur quel ton Ulysse s'adresse-t-il à lui ? Comment comprenez-vous : « Tu n'as pas agi de la manière qui convient » (l. 36-37) ? Sur quel ton le Cyclope lui répond-il (l. 57-58) ?**
- **Le Cyclope connaissait-il le vin ? Quelle culture, bien connue des hommes, ignore-t-il ?**
- **Pourquoi le texte donne-t-il tant de détails sur la mutilation du Cyclope (l. 64-84) ?**
- **Pourquoi Polyphème répond-il « du fond de sa caverne » (l. 98) ?**
- **À quoi sert la ruse d'Ulysse autour de son nom ? Que veulent dire les Cyclopes quand ils répondent à Polyphème : « C'est que tu as une maladie que t'envoie le grand Zeus ! » (l. 104) ?**
- **Comment Ulysse réagit-il à la souffrance de Polyphème ?**

Texte 11 : Circé avertit Ulysse des périls de la mer

Aux Phéaciens, qui l'ont recueilli après un ultime naufrage, Ulysse raconte ses aventures : comment il a pillé la ville des Cicones, mangé un fruit étrange chez les Lotophages, et déjoué les sortilèges de la magicienne Circé. Après l'avoir combattue, il a sa faveur et elle l'avertit des terribles dangers qui l'attendent sur les plaines liquides.

« Hommes obstinés, qui vous êtes, vivants, introduits dans la demeure d'Hadès[1] et connaîtrez deux morts[2], quand les autres hommes ne meurent qu'une fois !… Mais, voyons, mangez les mets[3], buvez le vin, ici même, tout le jour. Vous voguerez en même temps que paraîtra l'aurore. Je vais vous indiquer le chemin et vous signaler chaque détail, de peur qu'en cousant[4] maux et douleurs, on ne vous fasse subir, sur terre ou sur mer, l'épreuve douloureuse des peines. »

Elle dit, et notre cœur valeureux[5] se laissa persuader. Et ce fut ainsi que, le jour entier, jusqu'au moment où le soleil s'enfonça dans la mer, nous restâmes assis, faisant fête aux viandes en quantité inexprimable et au vin délicieux… Lorsque le soleil s'enfonça et que l'obscurité survint, les autres s'étendirent au long des câbles de poupe[6] de la nef ; mais la déesse, me prenant

1. Dieu qui règne sur les Enfers, le monde des morts.
2. Ulysse est déjà descendu aux Enfers avec ses compagnons pour entendre Tyrésias lui annoncer les épreuves qui l'attendent.
3. Les plats préparés.
4. En mêlant.
5. Courageux.
6. De l'arrière (du bateau).

par la main, me fit asseoir à l'écart, loin de mes compagnons, se coucha près de moi et me questionna point par point. Je lui fis un récit détaillé, tout comme il convient. À ce moment, l'auguste[1] Circé[2] prit la parole et me dit :

« Voilà toutes ces aventures achevées ; mais écoute comment je vais te parler. Un dieu en personne te le rappellera.

D'abord tu atteindras les Sirènes. Elles charment tous les humains qui arrivent jusqu'à elles. Pour l'ignorant qui s'approche des Sirènes et écoute leur voix, il n'est point de femme ni de petits enfants qui viennent radieux[3] l'aborder, à son retour au logis : les Sirènes le charment de leur chant siffleur. Elles se tiennent dans une prairie. Autour d'elles, un grand tas d'ossements, ceux de corps d'hommes en putréfaction[4], dont la peau peu à peu disparaît. Pousse ta nef, en évitant la côte. Pétris le miel délicieux d'une cire pour en oindre[5] les oreilles de tes compagnons, afin que, toi excepté, personne n'écoute. Écoute, toi, si tu veux, mais qu'ils te lient les mains et les pieds sur la nef rapide, bien droit au pied du mât, et que le bout des cordes y soit noué, pour que tu goûtes la joie d'écouter la voix des Sirènes. Si tu pries tes compagnons et leur ordonnes de te détacher, qu'ils te lient alors dans des liens encore plus nombreux !

Lorsque tes compagnons auront poussé la nef en évitant les Sirènes, alors là, je ne te tiendrai plus de discours détaillés. Des

1. Vénérable.
2. Déesse magicienne.
3. Rayonnants de joie.
4. En train de pourrir.
5. Recouvrir.

deux trajets, lequel sera le tien ? À toi de décider dans ton cœur. Mais je te dirai ce qu'il y a de part et d'autre.

En quittant ces lieux, en effet, on trouve des rochers en surplomb[1]. Contre eux grondent les grandes vagues d'Amphitrite[2] au sombre regard bleu. Sache que les dieux bienheureux les appellent les Planctes. D'un côté, les oiseaux mêmes ne passent pas, même les timides ramiers[3] portant l'ambroisie à Zeus Père. Le rocher lisse arrive toujours à en saisir un, et le père en lâche un autre pour compléter le nombre. Par l'autre bord, aucune nef d'hommes, parvenue là, n'a encore fui. Planches des nefs, corps des hommes, les vagues de la mer ensemble les emportent, ainsi que les ouragans du feu qui donne la mort. Seule passa par ce bord Argo[4], la nef des hautes traversées, celle dont tout le monde s'occupe, tandis qu'elle voguait, après avoir quitté le pays d'Aïétès[5]. Et même alors, elle eût été promptement lancée contre les grands rocs, mais Héra[6] lui fit passer l'obstacle, parce qu'elle chérissait Jason.

Ce sont là deux promontoires[7], dont l'un atteint le large ciel, de sa cime[8] aiguë qu'enveloppe un sombre nuage bleu. Ce phénomène est permanent, et jamais l'éther[9] n'occupe la cime du

1. Qui s'avancent au-dessus de la mer.
2. Déesse de la Mer.
3. Les colombes.
4. Le navire avec lequel Jason (*cf.* l. 54) partit à la conquête de la Toison d'or.
5. Sœur de Circé.
6. Épouse de Zeus.
7. Rochers qui surplombent la mer.
8. Son sommet.
9. Le ciel pur.

rocher, ni en été ni en automne. Un mortel n'y saurait monter, ni mettre le pied dessus, eût-il vingt mains et vingt pieds. Le rocher est lisse ; on le dirait parfaitement poli. À mi-hauteur du promontoire est une grotte brumeuse, tournée vers l'Érèbe[1], du côté de l'occident obscur. Dirigez et faites passer votre nef creuse, illustre Ulysse, de ce côté-là.

Il n'est pas un homme vigoureux qui, du creux de sa nef, atteindrait jusqu'à la cavité de la grotte, avec une flèche de son arc. Là habite Scylla, dont les cris sont terribles. Crois-moi, sa voix est celle ni plus ni moins d'une petite chienne toute jeune ; mais c'est un méchant monstre, et, à sa vue, personne ne peut se sentir radieux, quand ce serait un dieu qui se trouvât en face d'elle. Crois-moi, ses pieds sont des moignons[2], douze en tout. Elle a six cous fort longs ; sur chacun d'eux, une tête effrayante, où sont trois rangées de dents nombreuses et serrées, pleines du noir de la mort. Elle est plongée à demi dans le creux de la grotte ; mais elle sort ses têtes qu'elle tient au-dehors du gouffre redoutable, et elle pêche sur place, cherchant avec ardeur, autour du promontoire, les dauphins, les chiens de mer, et tous les monstres plus grands que d'aventure elle saisit et que paît par milliers la si fort gémissante Amphitrite. Les marins affirment qu'ils n'ont jamais passé et fui par là, avec leur nef, sans avoir eu des morts. Chacune de ses têtes lui sert à saisir et emporter un homme de la nef à la sombre proue bleue.

1. Nom donné au monde des Enfers.
2. Membres rudimentaires, qui font penser à des membres coupés.

L'autre promontoire, tu le verras, Ulysse, est une terre plus basse. – Ils sont tout proches l'un de l'autre ; d'une flèche tu traverserais l'intervalle. – Il y a là un grand figuier sauvage, avec un luxuriant[1] feuillage, au-dessous duquel, dans un sifflement, la divine Charybde engloutit l'eau noire. Elle la rejette trois fois chaque jour, et trois fois, dans un sifflement terrible, l'engloutit. Puisses-tu ne pas te trouver là quand, avec son sifflement, elle engloutit l'eau ! Non, l'Ébranleur du sol[2] lui-même ne pourrait se soustraire au malheur !… Avant tout, va te placer promptement tout près du promontoire de Scylla, pousse ta nef et passe. Il vaut sûrement beaucoup mieux déplorer la perte de six compagnons sur ta nef que celle de tout le monde à la fois. »

Ainsi parla-t-elle, et moi, bouleversé, je lui dis :

« Mais voyons, déesse, tiens-moi ici un langage véridique : si, d'une manière ou d'une autre, j'arrivais à me soustraire par la fuite à cette funeste[3] Charybde, pourrais-je me défendre contre l'autre, quand elle tenterait de mettre à mal mes compagnons ? »

Telles furent mes paroles. À l'instant même, la céleste déesse répondit :

« Homme obstiné, les travaux du combat et leurs fatigues font-ils encore ton souci, et ne céderas-tu pas non plus devant les dieux immortels ? Scylla, sache-le, n'est pas mortelle ; c'est

1. Abondant.
2. Poséïdon.
3. Qui apporte la mort.

un être immortel, et méchant, redoutable, terrible, sauvage, un être que l'on ne peut combattre. Il n'est aucune protection. Le mieux, c'est de s'enfuir loin d'elle. Si tu t'attardes près du rocher à mettre tes armes, j'ai peur que, s'élançant encore, elle ne t'atteigne et ne t'enlève autant d'hommes qu'elle a de têtes. Avant tout, pousse violemment la nef et appelle à grands cris Cratais, la mère de Scylla, qui l'enfanta pour éprouver les mortels. Elle la fera cesser, empêchant une nouvelle attaque.

Tu parviendras ensuite à l'île de Thrinacie[1], où paissent les vaches nombreuses du Soleil et ses robustes moutons, sept troupeaux de vaches et autant de beaux troupeaux de brebis, de cinquante têtes chacun. Les bêtes n'ont pas de petits. Jamais elles ne dépérissent. Des bergères veillent sur elles ; ce sont des déesses, des nymphes[2] aux belles tresses, Phaéthousa et Lampétié, des enfants du Soleil Hypérion[3], que lui donna la céleste Néaïra. Les ayant nourries, l'auguste mère qui les avait enfantées alla les établir en un lointain logis, dans l'île de Thrinacie, pour y garder les moutons et les noires vaches de leur père.

Si tu laisses les vaches sans leur faire de mal et que tu songes à ton retour, oui, vous avez des chances encore de parvenir à Ithaque, en dépit des épreuves et des maux. Si tu leur fais du mal, alors je te garantis la perte de ta nef et de tes com-

1. Île du Trident, la Sicile.
2. Divinités des eaux, des forêts et des montagnes.
3. En Grec, *Hypérion* signifie « le Haut ».

pagnons ; et toi-même, si tu en réchappes, tu reviendras misérablement, et après un long temps, ayant perdu tous tes compagnons. »

Elle dit, et, à l'instant, l'Aurore[1] au trône d'or arriva. Alors la céleste déesse partit et monta dans son île.

Homère, *L'Odyssée*, chant XII, trad. L. Bardollet,
« Bouquins », © Robert Laffont, 1995.

1. Déesse de l'Aube.

BIEN LIRE

- **À qui renvoie le pronom « on » (l. 7) ?**
- **Par quelle périphrase Circé évoque-t-elle la mort qui attend ceux qui écoutent les Sirènes ?**
- **De quoi peut être faite « la joie d'écouter la voix des Sirènes » (l. 33-34) ?**
- **Après les Sirènes, quels dangers attendent Ulysse et ses compagnons ? Quelle double forme chacun de ces deux dangers prend-il ?**
- **À quelles réalités du monde marin Scylla et Charybde peuvent-elles correspondre ?**
- **Quelle est la nature des conseils donnés par Circé ? Contre quels traits de son caractère et de son comportement met-elle en garde Ulysse (l. 102-130) ?**

Texte 12 : L'épreuve de l'arc

Grâce à Alkinoos, le roi des Phéaciens, Ulysse a pu rejoindre les côtes d'Ithaque. Mais de nouvelles épreuves l'attendent car son fidèle porcher, Eumée, lui apprend que des prétendants convoitent sa femme et son royaume. Après s'être fait reconnaître de son fils Télémaque, il se rend dans son palais sous l'apparence d'un mendiant. De guerre lasse, Pénélope a promis qu'elle épouserait l'homme qui tendrait l'arc d'Ulysse et ferait passer une flèche à travers l'œil de douze haches alignées. Ulysse, toujours déguisé en mendiant, demande à tenter l'épreuve.

« Quant à cet étranger, il est fort grand, bien planté[1], et affirme qu'il est le fils d'un père de bonne race. Voyons, donnez-lui l'arc bien poli, que nous le voyions faire ! Car voici ce que je vais vous révéler, et qui assurément va devenir une réalité : s'il bande l'arc[2] et qu'Apollon[3] lui en donne la gloire, je le revêtirai d'une tunique, d'un manteau, de quoi le vêtir de belle façon. Je lui donnerai un javelot pointu, qui protège des chiens et des hommes, et un glaive à deux tranchants. Je lui donnerai des sandales sous les pieds et le ferai partir où le presse d'aller le désir de son cœur. »

L'avisé Télémaque lui repartit :

« Parmi les Achéens[4], ma mère, nul n'est au-dessus de moi

1. Bien bâti.
2. S'il parvient à tendre l'arc.
3. Fils de Zeus, dieu du Soleil et des Arts.
4. Peuple qui habite le Péloponnèse et qui donne son nom aux anciens Grecs.

pour donner et refuser l'arc à qui je veux. De tous ceux qui sont les maîtres dans la rocailleuse Ithaque[1], de tous ceux qui le sont dans les îles, du côté de l'Élide[2] où paissent les chevaux, il n'en est aucun dont la violence me forcera d'agir contre mon gré, voudrais-je même, pour qu'il l'emportât, donner cet arc une fois pour toutes à l'étranger… Ou plutôt, va chez toi, fais ton occupation de tes travaux à toi, ceux du métier, de la quenouille. À tes servantes aussi ordonne de se mettre au travail. Les hommes se soucieront tous de l'arc, et moi principalement, à qui il appartient d'être le maître au logis. »

Elle fut stupéfaite et retourna chez elle, ayant déposé dans son cœur les propos avisés de son fils. Elle monta à l'étage avec ses servantes ; puis elle pleura Ulysse, son époux, jusqu'au moment où Athéna[3] à face de chouette lui mit sur les paupières un suave sommeil.

Le divin porcher[4], quant à lui, prit l'arc recourbé et l'apporta. Et tous les prétendants dans la salle de pousser des huées ; et tels des jeunes arrogants[5] de répéter ces mots : « Où portes-tu l'arc recourbé, misérable porcher dément[6] ? Bientôt tu seras seul, loin des humains, et te dévoreront, auprès des porcs, les chiens rapides que tu as nourris, si Apollon nous est propice[7], et les autres dieux immortels. »

---

1. Île dont Ulysse est le roi.
2. Région à l'ouest de la Grèce, autour d'Olympie.
3. Fille de Zeus, déesse de la Guerre, de la Raison et de l'Intelligence.
4. Il s'agit d'Eumée, le gardien de porcs, qui est le premier à reconnaître Ulysse.
5. Prétentieux, pleins de mépris.
6. Qui a perdu la raison.
7. Favorable.

Ainsi parlaient les prétendants. Eumée posa l'arc qu'il portait, à l'endroit même, pris de peur, parce qu'ils étaient nombreux dans la salle à pousser des huées[1]. Mais Télémaque, de son côté, lui fit entendre des cris menaçants :

« Avance, petit père, apporte l'arc ! Ce sera vite une mauvaise affaire pour toi, si tu obéis à tout le monde. Attention ! j'ai beau être le plus jeune, je te chasserai dans les champs à coups de pierres. La force me donne la supériorité. Si seulement la force de mes bras me donnait telle supériorité sur tous les prétendants qui sont par la demeure ! J'aurais alors bientôt renvoyé et fait sortir de notre maison tel ou tel d'entre eux, d'une horrible façon. Car ils y machinent le malheur ! »

Il dit, et les prétendants se mirent tous à rire gaiement de lui, se relâchant alors de leur intraitable colère contre Télémaque. Le porcher porta l'arc à travers la salle, s'approcha du sage Ulysse et le lui mit dans les mains. Puis il appela au-dehors la nourrice Euryclée[2] et lui dit :

« Télémaque te donne l'ordre, Euryclée sage entre toutes, de fermer la porte étroitement ajustée des appartements. Si l'une de vous entend des bruits, des gémissements, à l'intérieur de la maison, dans notre enceinte à nous, les hommes, qu'elle ne s'avance point dehors, mais reste sur place, sans bouger, à son travail[3]. »

Ce furent ses paroles. Euryclée, sans qu'un mot s'envolât de sa bouche, ferma la porte du beau logis de leurs appartements.

---

1. Des cris.
2. Nourrice d'Ulysse, qui le reconnaît à une blessure.
3. Ulysse annonce ici le massacre des prétendants.

Philoïtios[1] sortit de la maison en silence et, bondissant dehors, ferma les portes de la bonne clôture de la cour. Sous le portique[2] se trouvait le cordage d'une nef aux deux bouts recourbés, un cordage de papyrus, qui lui servit à attacher les portes. Il rentra, quant à lui, puis alla s'asseoir sur le siège d'où il s'était levé. Il regarda Ulysse. Celui-ci déjà manipulait l'arc, le retournant en tous sens, s'assurant de son état de tous les côtés, dans la crainte que, pendant l'absence du maître, les vers n'eussent mangé la corne. Et, en échangeant un coup d'œil avec son voisin, chacun de répéter ces mots :

« Oui, en matière d'arcs, il s'y connaît ! C'est un malin ! Peut-être en a-t-il, lui aussi, de tels au logis ou aspire-t-il[3] à en construire ? Comme, dans ses mains, il le manipule de tous les côtés, le vagabond habile à mal faire ! »

Et tel autre jeune arrogant de répéter :

« Puisse l'homme rencontrer sur sa route autant de profit qu'il va pouvoir, lui, enfin bander cet arc ! »

Ainsi parlaient les prétendants. Dès qu'il eut soupesé le grand arc, qu'il l'eut de tous les côtés regardé, Ulysse aux mille desseins[4], comme un homme qui connaît le chant et la lyre n'a pas de peine à tendre la corde autour de la cheville neuve, attachant des deux bouts le boyau bien tordu d'un mouton[5],

1. Le gardien des bœufs d'Ulysse, le bouvier.
2. Espace planté de colonnes.
3. Souhaite-t-il.
4. Projets.
5. Les cordes de la lyre sont faites avec des boyaux de mouton ; les musiciens tendent les cordes en les enroulant autour de chevilles de bois.

Ulysse tirant à l'arc, vase grec, 450 av. J.-C., © Erich Lessing/AKG.

Ulysse, sans effort, tendit le grand arc. De la main droite, il prit la corde et l'essaya. Elle répondit en chantant de belle façon, et, à entendre sa voix, on eût dit l'hirondelle.

Les prétendants alors eurent une grande angoisse. Tous changèrent de couleur. Zeus fit entendre un grand bruit de tonnerre. C'était sa marque évidente. Et le divin Ulysse, porteur de tant de maux[1], devint radieux, à cause du signe que le fils[2] de Cronos aux desseins tortueux[3] lui avait envoyé. Il saisit une flèche prompte qu'il avait à sa portée, toute nue, sur la table ; les autres se trouvaient dans le creux du carquois[4], celles dont les Achéens bientôt allaient tâter. Donc, il saisit la flèche et la mit sur le coude de l'arc. Il tira la corde, en même temps que l'encoche[5], et, du siège même où il était assis, devant lui visant le but, il lança la flèche. Il ne manqua pas l'œil[6] de la première de toutes les haches. Le trait[7] qu'alourdissait le bronze les passa tous, jusqu'au dernier, et sortit. Alors Ulysse dit à Télémaque :

« Il ne te fait pas honte, Télémaque, l'hôte assis dans ton manoir !... Je n'ai point manqué le but et n'ai point longtemps peiné à tendre l'arc. Ma force est encore solide. Les prétendants ont beau me mépriser ; comme cela, ils ne trouvent pas à redire !... Mais maintenant, il est temps justement de préparer

1. Pluriel de *mal*.
2. Zeus.
3. Complexes.
4. L'étui qui contient les flèches.
5. L'entaille de la flèche.
6. Le trou laissé par le manche de la hache, qui a été enlevé.
7. La flèche.

le souper des Achéens, pendant qu'il fait clair, en attendant d'autres amusements aussi, ceux que procurent le chant et la lyre, qui sont l'ornement d'un banquet. »

Il dit et fit un signe des sourcils. Télémaque, le fils du divin Ulysse, ceignit[1] son glaive aigu. De la main, il empoigna sa javeline et se posta, armé du bronze[2] qui flamboie, près de son siège, à côté de son père.

Homère, *L'Odyssée*, chant XXI, trad. L. Bardollet,
« Bouquins », © Robert Laffont, 1995.

1. Passa autour de sa taille.
2. La javeline.

BIEN LIRE

- **Sur quel ton Télémaque reprend-il les propos de sa mère ?**
- **Quel effet les paroles de Télémaque veulent-elles créer sur les prétendants ? Leur adresse-t-il des menaces directes ? Comment « joue »-t-il avec eux ? Quelle qualité semble-t-il avoir héritée de son père ?**
- **Quels préparatifs annoncent le massacre ? À quel moment les prétendants se doutent-ils de quelque chose ? Quelle manifestation divine vient renforcer leur angoisse ?**
- **Quel ton Ulysse utilise-t-il dans cet épisode ? Caractérisez la relation entre le père et son fils.**

VIRGILE, *L'ÉNÉIDE*

Texte 13 : Le cheval de Troie

Après la chute de sa cité, le Troyen Énée a reçu la mission d'aller fonder une nouvelle patrie pour les survivants. Ses compagnons et lui-même sont détournés de leur route par Junon, épouse de Jupiter et ennemie des Troyens. Arrivés à Carthage, ils sont magnifiquement accueillis par la reine Didon, qui tombe amoureuse d'Énée et voit en lui le roi qu'elle attend. Énée lui fait le récit des événements qui précédèrent la chute de Troie : la découverte d'un mystérieux cheval, qui semble être un cadeau des Grecs, et les appels à la méfiance de Laocoon le prêtre, qui, lorsqu'il aperçoit l'étrange cheval, lui lance son javelot dans les flancs.

Alors un autre spectacle, plus imposant et beaucoup plus terrible, s'offre à la vue des malheureux Troyens, et jette dans leurs cœurs un trouble imprévu. Laocoon, tiré au sort prêtre de Neptune[1], immolait[2] un taureau puissant au pied des autels solennels[3]. Or voilà que deux serpents, venus à travers les flots tranquilles de Ténédos[4] (j'en frémis encore d'horreur), allongent sur la mer leurs immenses anneaux et s'avancent de front vers le rivage. Leurs poitrines se dressent au milieu des vagues,

1. Équivalent latin de Poséidon.
2. Sacrifiait.
3. Sacrés.
4. Île sur laquelle se sont repliés les Grecs.

et leurs crêtes sanglantes dominent les ondes ; le reste de leurs corps effleure[1] à la surface de la mer, et leurs croupes[2] immenses se replient en spirale. On entend clapoter, écumante, l'onde amère. Déjà ils touchaient terre, et leurs yeux ardents[3], injectés de sang et de feu, léchaient leurs gueules sifflantes de leurs langues vibrantes. Nous fuyons à cette vue, glacés d'effroi. Eux, d'un élan sûr, vont droit à Laocoon ; et d'abord l'un et l'autre serpent, enlaçant les petits corps de ses deux fils, s'enroulent autour de leurs proies et déchirent de morsures leurs misérables membres. Puis, comme Laocoon volait à leur secours, les armes à la main, ils le saisissent lui-même et l'étreignent de leurs replis énormes ; deux fois déjà ils ont enlacé son corps par le milieu et deux fois, autour de son cou, enroulé leur croupe écailleuse, le dépassant de leur tête et de leur haute encolure. Lui s'efforce d'écarter leurs nœuds avec ses mains : leur bave et leur noir venin souillent ses bandelettes[4], et en même temps il jette vers les cieux des cris épouvantables. Tel mugit un taureau, lorsque, blessé du fer, il s'est enfui de l'autel, en secouant à son cou la hache mal assurée. Cependant les deux serpents s'enfuient en rampant vers les hauteurs du temple, gagnent la citadelle[5] de la Tritonide farouche[6] et se cachent aux pieds de la déesse et sous l'orbe[7] de son bouclier.

---

1. Touche légèrement, frôle.
2. Leurs queues.
3. Qui lancent des flammes.
4. Les prêtres portaient des bandelettes sacrées.
5. La partie haute et fortifiée de la ville.
6. Minerve.
7. Le cercle.

Athéna construit le cheval de Troie, © Scala

Alors une frayeur nouvelle saisit tous les cœurs qui frissonnent : on dit que Laocoon a expié[1] justement son crime, lui qui, de la pointe de son fer, a frappé le chêne sacré[2] et lancé dans ses flancs un criminel javelot. On crie de tous les côtés qu'il faut conduire le colosse[3] dans le sanctuaire[4] et implorer la protection de la déesse…

Nous pratiquons une brèche[5] dans nos murs et nous ouvrons les remparts de la ville. Tout le monde se met à la besogne : on glisse des roues sous les pieds du cheval, et on lui met au cou des cordages solides. La fatale[6] machine franchit nos murs, portant dans ses flancs la guerre : des enfants et de jeunes vierges l'escortent, chantant des hymnes, s'amusant de leurs mains à toucher le grand câble. Elle s'avance, et, menaçante, elle glisse jusqu'au centre de la ville. Ô ma patrie ! ô Ilion[7], demeure des dieux ! murs, illustres à la guerre[8], des fils de Dardanus[9] ! quatre fois elle s'arrêta au seuil même de la porte, et quatre fois dans ses flancs retentit le bruit des armes. Nous poursuivons cependant, sans rien voir, et en proie à une fureur aveugle, et nous plaçons le monstre néfaste[10] dans la citadelle consacrée. Alors même Cassandre[11] ouvre la bouche pour prédire nos destins,

---

1. A été puni pour.
2. Bois qui entrait dans la composition du cheval, offert par les dieux.
3. Le géant ; désigne encore le cheval.
4. Temple.
5. Une ouverture.
6. Qui conduit à la mort.
7. Autre nom de Troie.
8. Dont les combats sont célèbres.
9. Fondateur de Troie, fils de Jupiter et d'Électre, fille d'Atlas.
10. Qui apporte la mort.
11. Fille de Priam, roi de Troie, et d'Hécube ; elle est la sœur jumelle d'Hélène. Aimée d'Apollon, elle reçoit de lui le don de prévoir l'avenir ; mais, ayant repoussé le dieu, elle se voit enlever le pouvoir d'être crue dans sa prophétie.

prêtresse que le dieu toujours défendit aux Teucères[1] de croire. Et nous, malheureux, en ce jour qui devait être pour nous le dernier jour, nous allons par la ville orner de feuillages de fête les sanctuaires.

Cependant le ciel tourne, et la Nuit s'élance de l'Océan enroulant d'une grande ombre et la terre et le ciel et les ruses des Myrmidons[2] : répandus dans l'enceinte de leurs murs, les Teucères se sont tus ; le sommeil envahit leurs membres fatigués.

Virgile, *L'Énéide*, livre deuxième, trad. M. Rat,

1. Les Troyens.
2. Peuple achéen ; désigne ici les Grecs.

BIEN LIRE

- **Qu'est-ce qui signale le prodige dans l'apparition de ces deux serpents ?**
- **Par qui les serpents semblent-ils avoir été envoyés ?**
- **Quelle est la conséquence de la disparition de Laocoon, le seul à avoir vu que le cheval cachait un piège ? Par quel geste avait-il marqué son aversion à l'égard du « colosse » ?**
- **Énée raconte cet épisode en employant le « nous » : quel effet cela produit-il ? Quel sentiment envahit Énée au souvenir de ces événements ?**
- **Comment comprenez-vous le mot « fureur » (l. 48) ?**
- **Qu'est-ce qui, dans le comportement des Troyens, vient renforcer l'aspect dramatique de ce récit ?**

Texte 14 : Jupiter ordonne à Énée de quitter Carthage

L'amour de Didon pour Énée est un obstacle sur le chemin qui doit le mener en Italie ; il oublie son destin de fondateur de cité et manque à sa mission. Inquiet de voir le héros lui échapper, Jupiter envoie son fils Mercure le rappeler à l'ordre.

Le Tout-Puissant l'entendit, et tourna les yeux vers les murs de la reine et vers les deux amants qui oubliaient d'entretenir leur gloire. Alors il s'adresse à Mercure[1] et lui donne les ordres que voici : « Va donc, mon fils, appelle les Zéphyrs[2] et prends ton essor[3]. Le chef dardanien[4], qui s'attarde maintenant dans la tyrienne Carthage[5], ne songe plus aux villes promises par les destins : parle-lui et porte-lui mes propos en t'élançant par les brises rapides. Ce n'est point là le héros que sa mère si belle[6] nous promit, et ce n'est point pour cela qu'elle le sauva deux fois des armes des Grecs ; il devait, à l'en croire, régner sur l'Italie, grosse de puissants empires et frémissante de guerre, perpétuer la race issue du sang noble de Teucer[7], et ranger tout l'univers sous ses lois. Si l'éclat de ces hauts faits n'a rien qui l'enflamme et s'il n'entreprend rien en vue de sa propre gloire,

---

1. Ce dieu des Commerçants, des Voyageurs, est aussi le messager de Jupiter.
2. Vents d'ouest qui porteront Mercure.
3. Ton envol.
4. Troyen.
5. Ville fondée par Didon, autour de 880 avant J.-C., sur les côtes de l'actuelle Tunisie, après sa fuite de Tyr (Didon fut également reine de Tyr, en Phénicie : d'où l'expression « tyrienne Carthage »).
6. Selon la légende, Énée est un descendant de Vénus.
7. Premier roi de la Troade (région autour de Troie).

pourquoi envier à son fils Ascagne[1] la citadelle de Rome ? Que projette-t-il ? Et quel espoir l'arrête chez un peuple ennemi ? Ne songe-t-il point à sa postérité d'Ausonie[2] et aux champs de Lavinium[3] ? Qu'il navigue : telle est ma conclusion ; sois près de lui notre messager. »

Il avait dit ; et Mercure s'apprêtait à obéir à l'ordre de son souverain père ; il attache d'abord à ses pieds ses talonnières[4] d'or, dont les ailes le soutiennent dans les airs et l'emportent, soit au-dessus des plaines liquides, soit au-dessus de la terre, aussi vite qu'un souffle rapide ; puis il prend sa baguette : c'est avec elle qu'il évoque[5] du fond de l'Orcus[6] les âmes pâles[7], en plonge d'autres au fond du triste Tartare[8], donne ou ravit le sommeil et rouvre les yeux fermés par la mort ; armé de cette baguette, il pousse les vents devant lui et traverse les nues tumultueuses. Déjà dans son vol, il voit le sommet sourcilleux[9] et les flancs escarpés[10] de l'infatigable Atlas[11], qui soutient le ciel sur ses épaules ; d'Atlas, dont la tête, couronnée de pins et ceinte incessamment de nuages noirs, est battue du vent et de la pluie : une couche de neige couvre ses épaules ; de son menton de vieillard, coulent des fleuves torrentiels ; et sa barbe

---

1. Fils d'Énée et de Créüse.
2. Race d'Énée, destinée à régner sur l'Italie.
3. Ville du Latium, à 24 km au sud-ouest de Rome.
4. Sandales munies d'ailes.
5. Fait sortir, appelle.
6. Nom d'une divinité infernale et, par extension, des Enfers.
7. Sans couleur, comme les ombres.
8. Autre nom des Enfers.
9. Sévère.
10. Raides.
11. Roi de Mauritanie, frère du Titan Prométhée ; il prit part à la guerre des Titans contre Jupiter et, vaincu, fut condamné à porter la Terre sur ses épaules et à en faire tourner l'axe.

hérissée est toute raide de glaçons. C'est là que s'arrêta d'abord, en planant de ses ailes égales, le dieu du Cyllène[1] ; puis, de tout le poids de son corps, il s'élança sur les ondes, semblable à l'oiseau qui vole autour des côtes et des rocs poissonneux, et rase la surface de la plaine liquide. Tel, entre ciel et terre, le dieu du Cyllène volait vers la côte sablonneuse de la Libye et fendait les vents en s'éloignant de son aïeul maternel[2].

À peine a-t-il de ses plantes ailées touché les baraquements[3] de Carthage qu'il aperçoit Énée jetant les fondements des bastions[4] et construisant de nouveaux édifices. Son épée était constellée de jaspe fauve[5], et de ses épaules tombait un manteau resplendissant de pourpre[6] tyrienne ; c'étaient là des cadeaux que lui avait faits la riche Didon, et c'est elle qui avait entrelacé le tissu d'un mince filet d'or. Aussitôt le dieu l'aborde : « C'est toi maintenant qui jettes les fondements de l'altière[7] Carthage, toi qui, esclave d'une femme, lui élèves une si belle ville, oubliant, hélas ! ton royaume et ton destin propre ! Le souverain des dieux lui-même, dont la puissance fait tourner le ciel et la terre, m'envoie vers toi du haut de l'Olympe[8] brillant ; lui-même me fait porter les ordres que voici à travers les brises rapides :

1. Mercure, né sur le mont Cyllène.
2. Maïa, mère de Mercure et fille d'Atlas.
3. Habitats des faubourgs de Carthage.
4. Places fortifiées.
5. Pierre semi-précieuse avec des reflets jaunes.
6. Pigment tiré d'un coquillage, le murex, dont le rouge profond était, à Rome, la couleur du manteau des prêtres.
7. La fière.
8. Endroit où les dieux séjournent.

“Que projettes-tu ? Et quel espoir consume[1] tes jours oisifs[2] dans les terres de Libye ? Si l’éclat de hauts faits n’a rien qui t’enflamme et si tu n’entreprends rien en vue de ta propre gloire, vois Ascagne qui grandit et les espoirs de ton héritier Iule[3], à qui sont dus le royaume d’Italie et la terre romaine.” » Ainsi parla le dieu du Cyllène, et, au milieu de son discours, il se déroba aux regards des mortels et s’évanouit au loin dans une brise légère.

Cependant, à cet aspect, Énée, éperdu, resta muet ; ses cheveux se dressèrent d’horreur et sa voix resta dans sa gorge. Il brûle de prendre la fuite et d’abandonner ces douces terres, tant il est frappé d’un tel avis et d’un tel ordre des dieux. Hélas ! que faire ? quel langage maintenant oser tenir à la reine en délire ? par où commencer l’entretien ? Et il arrête sa pensée rapide tantôt ici, tantôt là, l’égare en projets divers, la tourne en tous les sens. Dans cette alternative, voici le parti qu’il juge le meilleur : il appelle Mnesthée, et Sergeste, et le vaillant Cloanthe[4] ; qu’ils appareillent[5] sans mot dire et rassemblent leurs compagnons sur le rivage ; qu’ils préparent leurs agrès[6] et cachent la cause de ces mesures imprévues ; lui, pendant que la généreuse Didon ignore tout et ne s’attend pas à la rupture de si grandes amours, il tentera de l’aborder au moment le plus favorable pour parler

1. Fait brûler.
2. Inactifs ; paresseux.
3. Autre nom d’Ascagne ; il succéda à son père sur le trône de Lavinium et fonda Albe-la-Longue.
4. Compagnons d’Énée.
5. Préparent le navire au départ.
6. Les cordages du bateau.

et par le moyen le plus adroit pour ses fins. Tous s'empressent d'obéir avec joie à ses ordres et de faire ce qu'il ordonne.

Virgile, *L'Énéide*, livre quatrième, trad. M. Rat,
© Flammarion, 1965.

BIEN LIRE

- **Quel est l'état d'esprit de Jupiter à l'égard d'Énée ? Qu'est-ce que l'amour lui a fait oublier ?**
- **Visualisez l'itinéraire de Mercure : d'où part-il ? où arrive-t-il ? par quel chemin ?**
- **Quels signes confirment à Mercure que la reine est amoureuse d'Énée ?**
- **Montrez que le bref discours de Mercure reprend les propos de Jupiter : quelle est la triple faute d'Énée ? À quoi manque-t-il ?**
- **Que souligne l'emploi du présent de narration, à partir de la ligne 64 ? Quelle décision prend-il ? En quoi est-ce un total retournement de situation ?**
- **Qui sera la victime des ordres de Jupiter ? Quel sentiment le narrateur exprime-t-il à son égard ?**
- **En quoi l'expression « par le moyen le plus adroit pour ses fins » (l. 76) annonce-t-elle la tragédie de Didon ?**

Texte 15 : Anchise dit à son fils quelle gloire l'attend

Énée quitte Carthage et plonge Didon dans la mort. Son voyage sur la mer le conduit à Cumes, en Italie, là où la prêtresse Sybille le conduit aux Enfers. Il y retrouve son père, Anchise, qui lui montre tout ce qui l'attend dans l'avenir.

Maintenant je vais te dire quelle gloire attend dans l'avenir la race de Dardanus, quels neveux de race italique[1] te sont réservés, âmes illustres et qui doivent revêtir notre nom ; et je vais t'apprendre tes destins.

Tu vois ce jeune homme là-bas, qui s'appuie sur une lance sans fer : le sort lui a donné la place la plus voisine de la lumière ; il surgira le premier aux souffles de l'éther[2], de sang italien mêlé au nôtre : c'est Silvius[3], nom albain[4], ton dernier fils ; ta femme Lavinie te le donnera tardivement à la fin de ton long âge ; elle élèvera dans les bois ce roi, père de rois, dont notre famille descendra qui dominera dans Albe-la-Longue. […]

Et puis à son aïeul se joindra Romulus[5], fils de Mavors[6], que mettra au monde sa mère Ilia[7], du sang d'Assaracus[8]. Vois-tu

1. Romaine.
2. L'air.
3. Fils posthume d'Énée (né après la mort d'Énée).
4. Tous les rois qui régnèrent sur Albe prirent ce nom.
5. Fondateur légendaire de la ville de Rome.
6. Le dieu Mars.
7. Rhea Silvia, fille du roi d'Albe Numitor, mère des jumeaux Romulus et Remus.
8. Roi de Troie.

comme deux aigrettes[1] se dressent sur sa tête, et comme le Père lui-même des dieux Supérieurs le consacre déjà par son propre insigne[2] ? C'est sous ses auspices[3], mon fils, que cette illustre Rome égalera son empire à la terre, son âme à l'Olympe, et d'un seul mur entourera sept collines. Ville en héros féconde[4] ! Telle la Mère du Bérécynte[5], montée sur un char et couronnée de tours, traverse les villes phrygiennes, joyeuse d'avoir enfanté des dieux et embrassant cent petits-fils, tous habitants du ciel, tous occupant les hauteurs supérieures.

Tourne maintenant tes yeux par ici : regarde cette nation ; ce sont tes Romains. Voici César[6] et toute la descendance d'Iule, destinée à venir sous la grande voûte du ciel. Voici le héros, voici celui que si souvent tu entends qu'on te promet, Auguste César, fils d'un dieu[7] ; il recréera l'âge d'or[8] dans le Latium[9], parmi les campagnes où régna jadis Saturne ; il étendra son empire plus loin que le pays des Garamantes[10] et des Indiens[11], sur les terres qui s'étendent au-delà des constellations, au-delà des routes du soleil et de l'année, et où Atlas qui porte le ciel

---

1. Panaches, décorations faites de plumes.
2. Fait extraordinaire ; allusion à l'apothéose de Romulus (à sa mort, il est enlevé par les dieux).
3. Son influence, sa direction, sa protection.
4. Ville qui donnera beaucoup de héros !
5. Cybèle, la mère des dieux, était adorée en Phrygie, sur le mont Bérécynte ; elle présidait à la fondation des villes.
6. L'empereur Auguste, toujours nommé *Augustus Caesar*.
7. Auguste était le fils adoptif de Jules César, qui avait été mis au rang des dieux.
8. Temps de paix et de prospérité.
9. Région de Rome.
10. Peuple qui habitait les oasis de la Libye.
11. Peuple venu de l'Inde.

fait tourner sur son épaule l'axe du monde semé d'étoiles étincelantes.

Virgile, *L'Énéide*, livre sixième, trad. M. Rat,
© Flammarion, 1965.

BIEN LIRE

- **Quel est le pouvoir dont dispose l'ombre d'Anchise ?**
- **Par quelle expression Anchise désigne-t-il les illustres descendants d'Énée ?**
- **Quelle est la particularité de l'ascendance directe de Romulus ?**
- **L. 18 : quelles sont ces « sept collines » ?**
- **L. 19 : à qui renvoie l'adjectif « telle » ?**
- **Pourquoi Virgile fait-il mention particulière de l'empereur Auguste ? Qui règne à Rome, à l'époque de la rédaction de *L'Énéide* ?**
- **À quel temps est écrite la prophétie ?**

Mythes et métamorphoses

Ovide, *Les Métamorphoses*
Apulée, *L'Âne d'or ou les Métamorphoses*

OVIDE, *LES MÉTAMORPHOSES*

Texte 16 : Les quatre âges

Les Métamorphoses *s'ouvrent sur le récit de la création du monde et de l'homme. Puis Ovide évoque les premiers temps de la vie de l'humanité sur Terre, ce qu'il appelle les quatre âges : l'âge d'or, d'argent, de bronze et de fer.*

L'âge d'or fut semé le premier, qui, sans répression, sans lois, pratiquait de lui-même la bonne foi et la vertu[1]. On ignorait les châtiments et la crainte ; des écrits menaçants[2] ne se lisaient point sur le bronze affiché en public ; la foule suppliante ne tremblait pas en présence de son juge ; un redresseur des torts était inutile à sa sécurité. Jamais encore le pin[3], abattu sur ses montagnes pour aller visiter un monde étranger, n'était descendu vers la plaine liquide[4] ; pas un mortel ne connaissait d'autres rivages que ceux de son pays. Jamais encore des fossés profonds n'entouraient les cités ; point de trompettes au long col, point de cors[5] recourbés pour faire résonner le bronze ; point de casques, point d'épées ; sans avoir besoin de soldats, les nations passaient au sein de la paix une vie de doux loisirs. La

1. Le respect de la morale.
2. Des avertissements ou des condamnations, gravés dans le bronze.
3. Bois qui sert à faire les bateaux.
4. La mer.
5. Instruments de musique à vent.

terre aussi, libre de redevances[1], sans être violée par le hoyau[2], ni blessée par la charrue, donnait tout d'elle-même ; contents des aliments qu'elle produisait sans contrainte, les hommes cueillaient les fruits de l'arbousier[3], les fraises des montagnes, les cornouilles[4], les mûres qui pendent aux ronces épineuses et les glands tombés de l'arbre de Jupiter[5] aux larges ramures. Le printemps était éternel et les paisibles zéphyrs[6] caressaient de leurs tièdes haleines les fleurs nées sans semence. Bientôt après, la terre, que nul n'avait labourée, se couvrait de moissons ; les champs, sans culture, jaunissaient sous les lourds épis ; alors des fleuves de lait, des fleuves de nectar coulaient çà et là et l'yeuse[7] au vert feuillage distillait le miel blond.

Quand Saturne[8] eut été précipité dans le Tartare ténébreux, tandis que l'univers vivait sous Jupiter, vint l'âge d'argent, qui ne valait pas l'âge d'or, mais valait mieux que l'âge du bronze aux fauves reflets. Jupiter resserra la durée de l'antique printemps ; l'hiver, l'été, l'automne inégal et le printemps raccourci partagèrent en quatre saisons l'année mesurée par ses soins. Alors, pour la première fois, l'air, qu'embrasaient[9] des chaleurs torrides, devint incandescent[10] et l'eau, durcie par les vents, suspendit son cours glacé. Alors, pour la première fois, les hommes entrè-

1. Choses dues.
2. Instrument à lame qui sert à ensemencer la terre.
3. Arbre à baies.
4. Petits fruits rouges.
5. Le chêne.
6. Vents.
7. Un des noms du chêne vert.
8. Dieu chassé du ciel par son fils Jupiter.
9. Enflammaient.
10. Brûlant.

rent dans des maisons ; ces maisons, ce furent des grottes, d'épais feuillages, et des rameaux[1] entrelacés d'écorce. Alors, pour la première fois, les semences de Cérès[2] furent enfouies dans de longs sillons et les taureaux gémirent sous le poids du joug[3].

Puis commença le troisième âge, l'âge de bronze, celui d'une lignée[4] plus farouche[5], plus prompte aux combats horribles, sans être pourtant scélérate[6]. L'âge qui a la dureté du fer est venu le dernier ; aussitôt ont fait irruption sur cette ère[7] d'un métal plus vil[8] les crimes de toute sorte ; alors ont fui la pudeur, la vérité, la bonne foi ; à leur place, sont entrées la fraude[9], la perfidie[10], la trahison, la violence et la passion scélérate de la richesse. Le marin livra ses voiles aux vents qu'il connaissait mal encore ; après s'être longtemps dressés à la cime des monts, les bois des navires plongèrent dans les flots, nouveaux pour eux. Sur la terre, jusque-là commune à tous aussi bien que l'air ou la lumière du soleil, l'arpenteur[11] défiant traça de longs sillons pour limiter les champs. L'homme ne se contenta plus de demander à la terre féconde les moissons et les aliments qu'elle lui devait, mais il pénétra jusque dans ses entrailles ; il en arracha ce qu'elle y avait caché, ce qu'elle avait relégué[12] près des ombres du Styx[13], les trésors qui provoquent

1. Des branches.
2. La déesse des Moissons.
3. La pièce de bois à laquelle les taureaux sont attachés.
4. Une descendance.
5. Sauvage
6. Criminelle.
7. Ce temps.
8. Grossier.
9. Le vol.
10. La trahison.
11. Celui qui mesure les terrains.
12. Ce qu'elle avait caché.
13. Un des fleuves des Enfers.

nos malheurs. Bientôt le fer pernicieux[1] et l'or, plus pernicieux que le fer, parurent au jour ; à leur suite parut la guerre, qui se sert de tous deux pour combattre et qui brandit dans sa main ensanglantée des armes retentissantes. On vit de rapines[2] ; l'hôte ne se fie plus à l'hôte, ni le beau-père au gendre ; même entre frères, la concorde[3] devient rare. L'époux médite[4] la perte de l'épouse ; l'épouse, celle de l'époux ; d'affreuses marâtres[5] mélangent les sucs livides[6] de l'aconit[7] ; le fils s'informe, avant l'heure, de l'âge de son père. La piété[8] est vaincue, foulée aux pieds ; loin de cette terre trempée de sang se retire, la dernière, après tous les immortels, la vierge Astrée[9].

Ovide, *Les Métamorphoses*, I,
trad. G. Lafaye,

1. Qui cause du mal.
2. Vols.
3. L'entente.
4. Pense à.
5. Belles-mères ou mauvaises mères.
6. Pâles, sans couleur.
7. Plante vénéneuse.
8. Le respect des lois religieuses.
9. Déesse de la Justice.

BIEN LIRE

• Quelle est la tournure de phrase qui domine dans le début du texte ?
• À quel autre récit des commencements la description de la Terre vous fait-elle penser ?
• Quels changements les hommes vivent-ils à l'âge d'argent ?
• À quelle période l'âge de fer est-il opposé ? Quel est le trait commun à toutes les actions humaines ? Sur quelle rupture cet âge de fer s'achève-t-il (l. 65-66) ?

Texte 17 : Dédale et Icare

Dédale, architecte grec, a construit pour le roi de Crète, Minos, un labyrinthe destiné à enfermer un être monstrueux, mi-homme, mi-taureau : le Minotaure. Soupçonné d'avoir aidé Thésée à s'enfuir, il est à son tour retenu prisonnier dans le labyrinthe ; il s'imagine alors de fuir par les airs, en créant des ailes pour lui et pour son fils, Icare.

Cependant Dédale, las de la Crète et d'un long exil, sentait renaître en lui l'amour du pays natal ; mais la mer le retenait captif : « Minos, dit-il, peut bien me fermer la terre et les eaux ; le ciel au moins m'est ouvert. C'est par là que je passerai ; quand Minos serait le maître de toutes choses[1], il n'est pas le maître de l'air. » Ayant ainsi parlé, il s'applique à un art jusqu'alors inconnu et soumet la nature à de nouvelles lois. Il dispose des plumes à la file en commençant par la plus petite ; de sorte qu'une plus courte soit placée à la suite d'une plus longue et qu'elles semblent s'élever en pente ; c'est ainsi qu'à l'ordinaire vont grandissant les tuyaux inégaux de la flûte champêtre[2]. Puis il attache ces plumes au milieu avec du lin[3], en bas avec de la cire et, après les avoir ainsi assemblées, il leur imprime une légère courbure pour imiter les oiseaux véritables. Le jeune Icare se tenait à ses côtés ; ignorant qu'il maniait les instruments

1. À supposer que Minos soit le maître de toutes choses...
2. La flûte de Pan.
3. Plante à fibres textiles.

de sa perte, le visage souriant, tantôt il saisissait au vol les plumes qu'emportait la brise vagabonde, tantôt il amollissait sous son pouce la cire blonde et par ses jeux il retardait le travail merveilleux de son père. Quand l'artisan a mis la dernière main à son ouvrage, il cherche à équilibrer de lui-même son corps sur ses deux ailes et il se balance au milieu des airs qu'il agite. Il donne aussi ses instructions à son fils : « Icare, lui dit-il, tiens-toi à mi-hauteur dans ton essor[1], je te le conseille : si tu descends trop bas, l'eau[2] alourdira tes ailes ; si tu montes trop haut, l'ardeur du soleil les brûlera. Vole entre les deux. Je t'engage à ne pas fixer tes regards sur le Bouvier, sur Hélice et sur l'épée nue d'Orion[3] : prends-moi pour seul guide de ta direction. » En même temps il lui enseigne l'art de voler et il adapte à ses épaules des ailes jusqu'alors inconnues. Au milieu de ce travail et de ces recommandations, les joues du vieillard se mouillent de larmes, un tremblement agite ses mains paternelles. Il donne à son fils des baisers qu'il ne devait pas renouveler et, s'enlevant d'un coup d'aile, il prend son vol en avant, inquiet pour son compagnon, comme l'oiseau qui des hauteurs de son nid a emmené à travers les airs sa jeune couvée[4] ; il l'encourage à le suivre, il lui enseigne son art funeste et, tout en agitant ses propres ailes, il regarde derrière lui celles de son fils. Un pêcheur occupé à tendre des pièges aux poissons au bout de son roseau tremblant, un berger appuyé sur son bâton, un labou-

1. Ton envol.
2. L'eau de la mer.
3. Bouvier, Hélice et Orion sont des noms de constellations.
4. Ses petits.

reur sur le manche de sa charrue les ont aperçus et sont restés saisis[1] ; à la vue de ces hommes capables de traverser les airs, ils les ont pris pour des dieux. Déjà sur leur gauche était Samos, chérie de Junon (ils avaient dépassé Délos et Paros) ; sur leur droite étaient Lébinthos et Calymné[2] fertile en miel, lorsque l'enfant, tout entier au plaisir de son vol audacieux, abandonna son guide ; cédant à l'attrait du ciel, il se dirigea vers des régions plus élevées. Alors le voisinage du soleil dévorant amollit la cire odorante qui fixait ses plumes ; et voilà la cire fondue ; il agite ses bras dépouillés ; privé des ailes qui lui servaient à ramer dans l'espace, il n'a plus de prise sur l'air ; sa bouche, qui criait le nom de son père, est engloutie dans l'onde azurée à laquelle il a donné son nom[3]. Mais son malheureux père, un père qui ne l'est plus, va criant : « Icare, Icare, où es-tu ? en quel endroit dois-je te chercher ? » Il criait encore « Icare ! » quand il aperçut des plumes sur les eaux ; alors il maudit son art et il enferma dans un tombeau le corps de son fils ; la terre où celui-ci fut enseveli en a gardé le nom.

Ovide, *Les Métamorphoses*, VIII,
trad. G. Lafaye, © Gallimard.

1. Figés par l'étonnement.
2. Samos, Délos, Paros, Lébinthos et Calymné sont des noms d'îles.
3. Icare est tombé dans la partie orientale de la mer Égée, sur une des îles des Sporades, qui prit son nom.

BIEN LIRE

- **Quel est cet « art [...] inconnu » (l. 6-7) auquel Dédale applique son génie ?**
- **Comment Icare voit-il le travail de son père ?**
- **Quelle issue Dédale pressent-il ? Quels signes trahissent son inquiétude ?**
- **Quelles sont les causes directes et indirectes de la chute d'Icare ?**

Texte 18 : Pallas et Arachné

Parmi ses nombreux talents, la déesse Athéna compte l'art de broder. Un jour, une jeune fille nommée Arachné, fileuse hors pair, mais qui refuse de voir dans Athéna sa maîtresse, lui lance un défi. Athéna et Arachné tissent chacune une toile : la déesse représente les actes grandioses des dieux ; la jeune fille les abus amoureux des mêmes dieux.

À tous les personnages, à tous les lieux Arachné donne l'aspect qui leur convient ; on voit Phébus[1] sous le costume d'un paysan, puis revêtu tantôt des plumes de l'épervier, tantôt de la peau du lion. […] Saturne, devenu cheval, engendre Chiron à la double nature[2]. Les extrémités du tissu sont remplies tout autour par une bordure légère, où des fleurs se mêlent à des rameaux de lierre entrelacés.

Ni Pallas[3], ni l'Envie[4] ne pourraient rien trouver à reprendre dans cet ouvrage ; la vierge aux blonds cheveux[5], irritée d'un tel succès, déchire l'étoffe colorée qui reproduit les fautes des dieux[6] ; elle tenait encore à la main sa navette[7], venue du mont Cytore ; trois ou quatre fois elle en frappe le front d'Arachné,

---

1. Apollon.
2. Saturne donne naissance à Centaure, mi-homme, mi-cheval.
3. Surnom d'Athéna.
4. Divinité.
5. Athéna.
6. La toile d'Arachné représente les métamorphoses utilisées par les dieux pour abuser des femmes, mortelles et immortelles.
7. L'instrument qui lui permet de tisser.

fille d'Idmon. L'infortunée[1] ne peut supporter l'outrage[2] et, dans son dépit, elle se noue un lacet autour de la gorge. Elle était pendue, quand Pallas, ayant pitié d'elle, adoucit son destin : « Vis, lui dit-elle ; mais reste suspendue, misérable ! Je veux que le même châtiment[3], pour que tu ne comptes pas sur un meilleur avenir, frappe toute ta race et jusqu'à tes neveux les plus reculés. » Puis, en s'éloignant, elle répand sur elle les sucs d'une herbe choisie par Hécate[4] ; aussitôt, touchés par ce poison funeste, ses cheveux tombent, et avec eux son nez et ses oreilles ; sa tête se rapetisse ; tout son corps se réduit ; de maigres doigts, qui lui tiennent lieu de jambes, s'attachent à ses flancs ; tout le reste n'est plus qu'un ventre ; mais elle en tire encore du fil ; devenue araignée, elle s'applique, comme autrefois, à ses tissus.

Ovide, *Les Métamorphoses*, VI,
trad. G. Lafaye, © Gallimard.

1. La malheureuse.
2. L'affront.
3. La même punition.
4. Déesse de l'Obscurité.

BIEN LIRE

- **Quel sentiment déclenche la colère de la déesse ?**
- **Quel élément rattache Arachné à son ancienne forme ?**

APULÉE, *L'ÂNE D'OR OU LES MÉTAMORPHOSES*

Texte 19 : Lucius au pays des sorcières

Lucius est un jeune Grec qui se rend en Thessalie pour affaires. Il est recommandé auprès d'un certain Milon d'Hypata, chez qui il s'installe ; Milon a une femme nommée Pamphile et une servante qui répond au nom de Photis. Sur le marché de la ville, il rencontre une amie de sa mère, Byrrhène, qui l'invite quelques jours plus tard à venir dîner chez elle. Parmi les convives se trouve un certain Thélyphron qu'on prie de raconter son histoire.

Bref, après avoir ramené les couvertures en tas, appuyé sur le coude, à demi dressé, il étend le bras droit et, la main disposée à la façon des orateurs[1], les deux derniers doigts fermés, les autres allongés et dépliés avec souplesse, le pouce menaçant, Thélyphron commence : « J'étais encore mineur, et j'étais venu de Milet[2] pour assister aux jeux Olympiques, quand, désirant visiter également cette région de la célèbre province, je parvins à Larissa[3], sous de tristes auspices, après avoir traversé toute la Thessalie[4]. Et, pendant que je cherche partout un moyen de remédier à ma pauvreté, car mon argent de route avait fort diminué, voici que j'aperçois au milieu du

1. Hommes dont le métier est de faire des discours.
2. Ville de l'Asie Mineure.
3. Nom d'une ville.
4. Région du Nord de la Grèce.

Forum[1] un grand vieillard. Il était debout sur une pierre et, d'une voix forte, offrait, si quelqu'un voulait garder un mort, de convenir d'un prix. Je demandai alors à un passant : "Qu'est-ce que j'entends ? Est-ce qu'ici les morts ont l'habitude de s'enfuir ? – Tais-toi, répondit l'homme, tu es encore un enfant, et tu n'es assurément pas d'ici ; aussi es-tu excusable de ne pas savoir que tu te trouves en Thessalie, un pays où les sorcières vont mordre, un peu partout, le visage des morts, pour y prélever de quoi servir à leurs opérations magiques."

« Alors moi : "Et, je te prie, qu'est-ce que cette garde funèbre ? – D'abord, répondit-il, il faut veiller avec la plus grande attention la nuit entière, les yeux grands ouverts, sans les fermer une seule fois, et toujours fixés sur le cadavre, ne jamais détourner le regard, même pas de côté, car ces exécrables[2] caméléons se transforment en n'importe quel animal et se glissent si furtivement[3] qu'elles peuvent aisément tromper même les yeux du Soleil et ceux de la Justice. Elles se déguisent en oiseaux, en chiens, en souris, et même en mouches. Puis, par leurs funestes incantations[4], elles plongent les gardiens dans un sommeil de plomb. Personne ne serait capable d'énumérer toutes les ruses qu'inventent ces femmes abominables pour satisfaire leur passion. Et pourtant, en paiement d'une charge aussi épuisante, on n'offre guère le plus souvent que quatre ou,

1. Place publique.
2. Détestables.
3. Rapidement, sans qu'on les aperçoive.
4. Formules magiques.

tout au plus, six pièces d'or. Ah ! et quelque chose que j'avais presque oublié : si, le matin, l'on ne rend pas le cadavre intact, on est contraint de restituer[1], en le prélevant sur son propre visage, tout ce qui aura été enlevé ou coupé sur le mort."

« Ainsi renseigné, je m'arme de courage et j'aborde aussitôt le crieur : "Cesse de crier, dis-je. Voici un gardien tout prêt, dis-moi le prix. – On te versera mille sesterces[2], dit-il. Mais attention ! jeune homme : aie bien soin de protéger comme il faut ce cadavre, celui du fils d'un des premiers citoyens de la ville, contre les Harpyes[3] mauvaises ! – Sottises, dis-je, que tes discours, balivernes ! Tu vois ici un être de fer, qui ne dort jamais, et plus clairvoyant, en tout cas, que Lyncée ou Argos[4], quelqu'un qui est tout yeux[5]."

« J'avais à peine achevé qu'il me conduisit sans plus tarder jusqu'à une maison dont la porte principale était fermée, mais il me fit entrer par une petite porte, et, pénétrant dans une chambre obscure, tous volets fermés, il me montra une dame en train de pleurer et vêtue d'une robe sombre, près de laquelle il s'assit. "Voici, dit-il, un homme qui vient de se louer pour garder ton mari et s'y est engagé avec assurance." Et elle, écartant les cheveux qui lui tombaient par-devant, montra un visage qui, même dans la douleur, avait du charme, et, me

1. Rendre.
2. Monnaie romaine d'argent.
3. Créatures monstrueuses, à corps d'oiseau et tête de femme.
4. Lyncée est l'un des Argonautes ; sa vue était si perçante qu'elle traversait une planche de chêne. Argos est un monstre à cent yeux.
5. Qui observe avec une grande attention.

regardant : “Attention, dit-elle, je t'en prie, de t'acquitter de[1] ta fonction sans dormir ! – Ne te fais pas de souci, dis-je, prépare-toi seulement à me donner un bon pourboire.”

« L'affaire ainsi décidée, elle se leva et me conduisit dans une autre chambre. Là était le corps, couvert de linges splendides. Elle fit alors entrer sept témoins et dévoila le mort de sa propre main, puis, après avoir longuement pleuré sur lui, elle en appela à la bonne foi des assistants et leur montra, un à un, tous les détails, tandis qu'un secrétaire notait sur des tablettes les termes[2], arrêtés d'avance. “Voilà, dit-elle, le nez intact, les yeux entiers, les oreilles bien conservées, les lèvres où rien ne manque, le menton sans dommage. Vous, honnêtes Quirites[3], apportez-en ici votre témoignage”, et, ce disant, les tablettes scellées[4], elle se retire.

« Mais moi : “Fais apporter, Madame, dis-je, tout ce qui est indispensable pour mon service. – Et qu'est-ce donc ? dit-elle. – Une lampe, dis-je, de grandes dimensions, et de l'huile en quantité suffisante pour donner de la lumière jusqu'au jour, de l'eau chaude avec des cruches de vin et un plateau garni d'une coupe et des restes du dîner.”

« Mais elle, hochant la tête : “Tais-toi, dit-elle, pauvre sot, qui, dans une maison mortuaire, réclames une part de dîner, dans une maison où, depuis des jours et des jours, on n'a pas

1. Remplir.
2. Les termes du contrat passé entre Lucius et elle-même.
3. Nom des citoyens romains.
4. Fermées par de la cire.

même aperçu une fumée ! Ou bien t'imagines-tu être venu ici pour faire la noce ? Tu devrais plutôt avoir l'attitude qui convient à la situation, la douleur et les larmes !" Et, tout en parlant, elle se tourna vers une petite servante, puis : "Myrrhina, dit-elle, apporte une lampe et de l'huile, tout de suite, enferme le gardien dans la chambre et retire-toi immédiatement."

« Abandonné de la sorte, tout seul, pour tenir compagnie au cadavre, je me frottai les yeux afin de les armer pour cette veille[1], puis me mis à chanter pour me distraire ; pendant ce temps vinrent le crépuscule, puis la nuit close[2], et bientôt le plus profond de la nuit. Et moi, je sentais ma peur s'accroître[3] ; soudain, une belette entra en rampant, s'arrêta devant moi et me fixa d'un regard aigu, si bien que ce petit bout d'animal, qui paraissait avoir tellement confiance en lui, me bouleversa. Enfin je l'apostrophai[4] : "Va-t'en, bête impure, va te cacher avec les souris, tes pareilles, avant que tu ne sentes l'effet de ma force ! Veux-tu bien t'en aller !"

« Elle tourna le dos et, en un instant, la voilà hors de la chambre. Et, aussitôt, un profond sommeil m'engloutit brusquement dans un gouffre sans fond, au point que le dieu de Delphes[5] lui-même n'aurait pas facilement discerné lequel, des

1. Garde du mort.
2. Minuit.
3. Grandir.
4. Je lui criai.
5. Apollon, le dieu clairvoyant.

deux gisants[1], était plus mort que l'autre. Absolument inconscient, et ayant besoin moi-même de me faire garder, c'était comme si je n'avais pas été là.

« La gent accrêtée[2] venait de déchirer de ses chants le calme de la nuit, et je m'éveillai enfin ; saisi d'une terrible crainte, je me précipite vers le cadavre, j'approche la lumière, je découvre le visage et j'examine un à un tous les détails sur lesquels portait le contrat : à ce moment, la veuve éplorée[3] entra brusquement, accompagnée des témoins de la veille, inquiète, et, aussitôt, se jeta sur le corps, l'embrassa beaucoup et longtemps, et, à la lumière de la lampe, passa tout en revue ; enfin elle se retourna, demanda son intendant Philodespote et lui enjoignit de payer sans retard à cet excellent gardien son salaire, puis elle ajouta aussitôt : "Nous t'avons, jeune homme, une grande obligation[4], et, par Hercule, tu as si bien accompli ta fonction que je te compterai dorénavant au nombre de mes amis."

« Sur quoi, transporté de joie à la vue de ce gain inespéré, ébloui par les pièces d'or étincelantes que je faisais passer à plusieurs reprises d'une main dans l'autre, je répondis : "Plutôt, Madame, considère-moi comme l'un de tes serviteurs, et, chaque fois que tu auras besoin de mes services, n'hésite pas à commander."

« J'avais à peine achevé que, aussitôt, les gens de la maison,

---

1. Hommes couchés.
2. Les coqs.
3. En pleurs.
4. Reconnaissance.

maudissant cet abominable présage[1], saisissent chacun n'importe quelle arme et se jettent sur moi ; l'un me frappe les joues à coups de poing, l'autre m'enfonce les coudes dans les omoplates, un troisième m'assène[2] sur les flancs le plat de sa main, on me décoche des coups de pied, on me tire les cheveux, on déchire mes vêtements. C'est ainsi que, semblable à l'orgueilleux jeune homme d'Aonie[3] ou au musicien inspiré de Pimpléia[4], mis en pièces, coupé en morceaux, l'on me chasse de la maison.

« Tandis que je reprenais mes esprits sur la place la plus proche, me souvenant, trop tard, du mot malheureux et irréfléchi que j'avais eu et reconnaissant que j'avais mérité encore plus de coups, voici qu'après les dernières lamentations et les derniers appels, le mort s'avance, et selon l'usage local, comme il appartenait à l'aristocratie[5], le cortège de ses funérailles, célébrées aux frais de la cité, traversait le *forum.* À ce moment survient un vieillard vêtu de sombre, triste, en larmes, arrachant ses beaux cheveux blancs ; il saisit à deux mains le lit funèbre et, d'une voix forte, bien qu'entrecoupée de nombreux sanglots : "Au nom de votre Bonne Foi, Quirites, au nom de la Piété Publique, venez au secours d'un citoyen assassiné, punissez sévèrement le crime horrible commis par cette femme abominable et scélérate ! C'est elle, et personne d'autre, qui a supprimé, en l'empoisonnant, ce

---

1. Ses paroles laissent sous-entendre qu'il y aura d'autres morts dans la maison.
2. Me frappe.
3. Le roi Penthée qui fut déchiré par les Ménades, femmes en délire.
4. Le poète Orphée qui fut déchiqueté par des femmes à qui il se refusait.
5. La noblesse.

malheureux jeune homme, le fils de ma sœur, pour complaire à un amant et profiter de l'héritage."

« Le vieil homme allait ainsi, présentant ses plaintes à chacun. Cependant, la foule devient menaçante et, devant la vraisemblance de l'accusation, est portée à la croire. On réclame du feu, on ramasse partout des pierres, on excite les enfants à massacrer la femme. Celle-ci, pourtant, avec des larmes feintes[1], invoque toutes les divinités avec les plus grands serments et nie avoir commis un tel forfait[2].

« Alors, le vieillard s'écria : "Remettons à la divine providence le soin de décider de la vérité. Nous avons là Zatchlas l'Égyptien, un mage[3] de premier ordre, qui a convenu avec moi depuis quelque temps déjà, et moyennant un prix très élevé, de ramener des Enfers, pour quelques instants, l'âme du mort et de rendre la vie à ce cadavre qui a franchi le seuil de la tombe." Et, ce disant, il fait avancer au milieu de la foule un homme jeune, vêtu de lin, les pieds dans des sandales en écorce de palmier, et la tête entièrement rasée. Après lui avoir longuement baisé les mains et s'être même agenouillé devant lui : "Pitié, dit-il, ô prêtre, pitié, au nom des astres célestes, au nom des divinités de l'Enfer, au nom des éléments de la Nature, au nom du silence de la Nuit, au nom des sanctuaires de Coptos, au nom des crues du Nil et des secrets de Memphis, et des sistres[4] de

1. Fausses.
2. Crime.
3. Ici, un « prophète » d'Isis, la déesse égyptienne de la Résurrection et du Salut.
4. Instruments à percussion.

Pharos[1]. Accorde-lui, pour un instant, de profiter du soleil, et, sur ces yeux fermés pour l'éternité, répands un peu de lumière. Nous n'essayons pas de nous dérober à la Loi[2], nous ne voulons pas refuser à la Terre ce qui lui appartient, nos prières ne demandent qu'un court instant de vie, pour que la vengeance vienne nous consoler."

« Le mage, propitié[3] de la sorte, place certaine plante dans la bouche du mort et une autre sur sa poitrine. Puis, se tournant vers l'Orient et prononçant mentalement des prières à l'adresse du Soleil qui monte majestueusement, il donne à cette mise en scène une solennité[4] qui excite, à l'envi[5], chez les assistants, l'attente d'un tel miracle.

« Je me mêle à la foule et, perché derrière le lit funèbre lui-même, sur une pierre un peu haute, je suis toute l'affaire d'un œil attentif. Déjà la poitrine se gonfle et se soulève, déjà la veine du bras se met à battre convulsivement, déjà le corps s'emplit d'un souffle de vie, le cadavre se dresse et le jeune homme se met à parler : "Pourquoi, je vous en prie, alors que j'ai déjà bu du Léthé[6], que je suis déjà plongé dans le marais du Styx[7], pourquoi me rappelez-vous pour accomplir les fonctions d'une vie qui ne sera que temporaire ? Arrête, je t'en supplie, arrête, et laisse-moi jouir[8] de mon repos."

1. Coptos, Memphis et Pharos sont des sites égyptiens.
2. La loi fixée par les dieux.
3. Ayant demandé la faveur de la déesse.
4. Une gravité.
5. À qui mieux mieux.
6. Fleuve des Enfers dont l'eau est bue par les morts, qui oublient ainsi leur vie terrestre.
7. Fleuve des Enfers.
8. Profiter.

« Telle fut la voix que fit entendre le cadavre, mais le mage, d'un ton un peu plus vif : "Ne veux-tu donc pas révéler au peuple, dit-il, tous les détails cachés dans les circonstances de ta mort ? Ne sais-tu pas que, par mes formules incantatoires, je peux évoquer les Furies[1], que je peux torturer ton corps épuisé ?" Le mort se remit à parler, de son lit et, avec un profond gémissement, s'adressa à la foule : "J'ai été supprimé par les maléfices de ma nouvelle épouse ; victime d'un breuvage[2] de mort, j'ai abandonné mon lit, tout chaud, à un amant de ma femme."

« Alors la vertueuse[3] dame appelle à soi toute son audace et prend à parti, de manière sacrilège[4], son mari qui l'accuse. La foule se partage bruyamment en partis opposés, les uns étant d'avis que cette femme abominable soit ensevelie vivante, sur-le-champ, avec le corps de son mari, les autres, qu'il ne faut pas ajouter foi aux mensonges d'un cadavre.

« Mais le jeune homme, par la suite de ses propos, mit fin à cette hésitation ; recommençant à parler, avec un gémissement plus profond : "Je vous donnerai, dit-il, je vous donnerai des preuves éclatantes de ce qui est la pure vérité, et je vais vous révéler quelque chose que personne, absolument personne d'autre ne connaît ou ne peut avoir conjecturé[5]." Alors, me

1. Divinités qui poursuivaient les criminels.
2. Une boisson.
3. Honnête.
4. Qui enfreint la loi religieuse.
5. Deviné.

montrant du doigt : “Pendant que cet homme, que l’on avait chargé de garder mon cadavre, exerçait sur lui une surveillance attentive, de vieilles sorcières, qui guettaient ma dépouille[1] et qui, dans ce but, avaient à plusieurs reprises changé vainement de forme, ne pouvant prendre en défaut son attention, finirent par jeter sur lui une nuée[2] de sommeil, et, pendant qu’il était enseveli dans un profond repos, se mirent à m’appeler par mon nom, sans arrêt, jusqu’à ce que mes membres engourdis et mon corps refroidi essaient, avec des efforts paresseux, de répondre à leurs conjurations[3]. Et cet homme, qui, bien qu’il fût vivant, était rendu semblable à un mort par son engourdissement, se trouve porter le même nom que moi : à l’appel de son nom, il se lève, à son insu, et, pareil à l’ombre d’un mort, s’avance de lui-même. Bien que la porte de la chambre fût soigneusement fermée, à travers un trou, elles lui coupèrent d’abord le nez et ensuite les oreilles, et il subit ces mutilations[4] à ma place. Et, afin d’effacer les traces de leur ruse, elles façonnent[5] avec de la cire des oreilles semblables à celles qu’elles lui avaient coupées et les lui ajustent exactement, puis elles lui mettent un nez identique au sien. Et maintenant, le malheureux est là, et ce qu’il a obtenu, ce n’est pas le prix de son travail mais celui de sa mutilation.”

« Terrifié par ce que j’entends, je me mets à tâter ma figure.

---

1. Mon cadavre.
2. Un brouillard.
3. Leurs appels.
4. Blessures qui enlèvent une partie du corps.
5. Fabriquent.

D'une main, je saisis mon nez : il se détache ; je palpe mes oreilles : elles tombent. Les doigts se tendent alors vers moi, les mouvements de tête des assistants me désignent, et, tandis que le rire fuse[1], je m'enfuis couvert d'une sueur froide, en me glissant entre les jambes de mes voisins. Je ne pouvais plus, ensuite, mutilé et rendu ainsi ridicule, retourner à mon foyer ; je laissai pousser mes cheveux de part et d'autre de la tête pour dissimuler les cicatrices de mes oreilles ; quant à l'accident de mon nez, je le cache par décence[2] en mettant dessus, comme une compresse, ce linge que tu vois. »

Dès que Thélyphron eut terminé son récit, les buveurs, sous l'effet du vin, recommencèrent à éclater de rire. Et, tandis qu'ils réclament, comme le veut la coutume, de boire « au Rire », Byrrhène me dit : « Demain est le jour d'une fête instituée depuis les origines de notre ville : en cette journée, seuls entre tous les mortels, nous invoquons le très saint dieu Rire, selon un rite plaisant et propre à exciter la joie. Ta présence ajoutera pour nous au charme de cette fête. Puisses-tu puiser dans ta propre gaieté une invention joyeuse propre à honorer le dieu, afin que notre offrande à cette puissante divinité soit plus grande et plus totale. – Bien, dis-je, il en sera comme tu le veux. Et je souhaiterais, par Hercule, trouver quelque sujet capable d'inspirer abondamment cette puissante divinité. » Après quoi, sur un mot de mon valet me rappelant à quel moment de la nuit nous étions, lourd, d'ailleurs, de boisson, je me lève immé-

1. Éclate.
2. Respect de moi-même et des autres.

diatement et, saluant Byrrhène à la hâte, je prends en zigzaguant le chemin de la maison.

Apulée, *L'Âne d'or ou les Métamorphoses*, livre II,
trad. P. Grimal, © Gallimard.

BIEN LIRE

- **Pourquoi la proposition du vieillard est-elle surprenante ? Qu'est-ce qui pousse Lucius à se proposer ?**
- **Comment les sorcières utilisent-elles leur pouvoir de métamorphose (p. 83-84, l. 22-38) ?**
- **P. 85, l. 66-70 : pourquoi les détails du corps sont-ils montrés à des témoins ?**
- **P. 86, l. 95-97 : qui est cette belette ?**
- **Pourquoi la garde du mort semble-t-elle d'abord s'être bien passée pour Lucius ? Quel événement vient tout bouleverser ? Qui est le vieillard qui accuse la femme du mort ?**
- **Quels étaient les mobiles du crime commis par l'épouse ?**
- **Par quel « quiproquo » le destin de Thélyphron se trouve-t-il modifié ?**
- **Quel est l'effet du récit sur les convives ? Connaissons-nous le sentiment de Lucius ?**

Texte 20 : Double métamorphose

Lucius et Photis filent le parfait amour et passent leurs nuits dans les plaisirs. Mise en confiance, Photis accepte de révéler à Lucius les secrets de la maison dans laquelle elle sert : sa maîtresse est une sorcière et se sert de sa magie pour séduire les jeunes gens qui lui plaisent.

Voici qu'un jour Photis accourt vers moi tout excitée et fort tremblante, et m'apprend que sa maîtresse, qui n'avait pas encore pu faire par les autres moyens le moindre progrès dans son aventure amoureuse, devait, la nuit suivante, se recouvrir de plumes et devenir oiseau, et voler, de la sorte, vers l'objet de ses désirs. Elle ajoute que je devais me préparer prudemment à observer un si grand événement. Bientôt, vers la première veille de la nuit[1], elle me conduit à cette fameuse chambre de l'étage, sur la pointe des pieds, sans faire le moindre bruit, et m'invite à regarder par une fente de la porte la scène que voici : Pamphile commença par se dévêtir entièrement, puis elle sortit, d'un coffret qu'elle ouvrit, plusieurs boîtes ; alors, enlevant le couvercle à l'une d'elles, elle se massa longuement avec un onguent[2] qu'elle en tira, s'enduisant tout entière, depuis les ongles jusqu'au sommet de la tête, puis, après avoir adressé, à

1. Vers dix heures, à la nuit tombée.
2. Une pommade.

voix basse, de longs propos à sa lampe, elle se mit à battre des membres à petits coups pressés. Pendant qu'elle leur imprimait ainsi un mouvement souple et continu, il en jaillit un duvet encore tendre, puis l'on vit grandir de fortes pennes[1], son nez durcit et se recourba, ses ongles devinrent épais et crochus. Pamphile se transforma en hibou. Émettant un cri rauque, elle essaya sa nouvelle forme et sautilla, à plusieurs reprises, sur le sol ; bientôt elle s'éleva dans les airs et s'envola au loin à grands coups d'aile.

Elle, elle s'était métamorphosée par ses enchantements et volontairement, mais moi, qui n'avais été ni enchanté ni victime d'un sort, je demeurai frappé de stupeur devant le fait dont je venais d'être témoin, et j'avais l'impression d'être n'importe quoi, sauf Lucius. Hors de moi-même, stupéfait jusqu'à la démence[2], je vivais un songe éveillé ; je me frottai longuement les yeux, me demandant si vraiment je ne dormais pas. Enfin, je revins au sentiment de la réalité et, saisissant la main de Photis, je la portai à mes yeux : « Permets-moi, je t'en supplie, dis-je, tant que l'occasion nous y invite, de devoir à ton affection un service considérable, unique : donne-moi un peu de cet onguent, de la même boîte, je t'en conjure[3] par ces yeux qui t'appartiennent, mon petit sucre ; attache-toi de la sorte à jamais par un service que l'on ne saurait assez reconnaître celui

1. Plumes.
2. Folie.
3. Je t'en supplie.

qui est déjà ton esclave, et fais en sorte que je sois auprès de toi, ma Vénus[1], un Amour[2] ailé !

– Ah oui ? dit-elle, vieux renard, petit chéri, tu voudrais m'amener à donner moi-même des verges[3] pour me faire fouetter ? Innocent comme tu l'es, c'est à peine si je puis te sauver des louves thessaliennes[4] ; si te voilà oiseau, où te chercherai-je, et je te verrai quand ?

– Ah ! répondis-je, que les Dieux éloignent de moi un acte aussi noir ! Aurais-je même le vol de l'aigle pour m'élever dans les airs, à travers tout le ciel, messager infaillible du souverain Jupiter, ou son écuyer joyeux, je n'en reviendrais pas moins à tire-d'aile vers mon cher petit nid, après avoir ainsi connu l'honneur d'être oiseau. Je le jure par les liens délicieux de tes tresses, grâce auxquels tu as enchaîné mon âme : je ne préfère aucune femme à ma chère Photis. Mais il me vient une idée, quand j'y réfléchis : une fois que je serai devenu un oiseau de cette sorte, en m'enduisant de cet onguent, je devrai me tenir éloigné de toute demeure humaine. Quel bel, quel aimable amoureux pour le plaisir d'une femme, qu'un hibou ! D'ailleurs, ne voyons-nous pas que l'on a grand soin de capturer ces oiseaux de nuit, lorsqu'ils ont pénétré dans une maison, et qu'on les cloue sur la porte, afin d'expier[5], par leur propre supplice, la catastrophe dont ils menacent les habitants par leur

1. Déesse de l'Amour et de la Beauté.
2. Un Cupidon, ange ailé qui décoche les « flèches » de l'amour.
3. Des baguettes.
4. Femmes sauvages, sorcières de Thessalie.
5. Réparer.

vol de mauvais augure[1] ? Mais, détail que j'allais presque oublier de te demander, qu'aurai-je à dire ou à faire pour me dépouiller de mes plumes et redevenir ce Lucius que je suis ?

– Ne t'inquiète pas pour cela, dit-elle, la maîtresse m'a appris tous les moyens par lesquels il est possible de rendre à leur forme humaine les êtres ainsi métamorphosés[2]. Ne crois pas qu'elle l'ait fait par gentillesse, mais pour que, quand elle rentre, je puisse lui venir en aide en lui donnant le remède voulu. Vois enfin avec quelles plantes de rien, et tout ordinaires, on peut produire de si grands effets : un peu d'aneth[3], joint à des feuilles de laurier, jeté dans de l'eau de source, avec laquelle on se lave et que l'on boit. »

Après m'avoir répété ces affirmations, elle se glisse en tremblant de tout son corps dans la chambre et tire une boîte du coffret. Je pris la boîte à deux mains, je lui donnai des baisers et la priai de bien vouloir m'accorder la faveur d'un vol heureux. Puis, retirant à la hâte tous mes vêtements, j'y plongeai avidement[4] les mains et, puisant une bonne quantité d'onguent, je me frictionnai toutes les parties du corps. Et déjà je m'efforçais d'imiter les mouvements d'un oiseau en agitant alternativement les bras, mais pas le moindre duvet, pas la plus petite plume nulle part ; au lieu de cela, mes poils s'épaississent et deviennent des crins, ma peau, si tendre, se durcit et devient un

1. Le vol des hiboux était un mauvais présage.
2. Transformés.
3. Plante aromatique.
4. Avec un grand désir.

cuir, aux extrémités de mes mains je ne sais plus combien j'ai de doigts, tous se ramassent en un seul sabot, et au bas de mon dos pousse une immense queue. Déjà mon visage est difforme[1], ma bouche s'allonge, mes narines sont béantes[2], mes lèvres pendantes, et mes oreilles, de la même façon, grandissent démesurément et se hérissent de poils. Je ne vois à ma triste métamorphose qu'une seule consolation, c'est que, bien qu'il me soit désormais impossible de prendre Photis dans mes bras, mon sexe s'accroît.

Et tandis que, incapable de rien faire pour me sauver, j'aperçois, en regardant mon corps, non pas un oiseau, mais un âne ; maudissant l'action de Photis, mais privé désormais de la possibilité de faire les gestes et d'employer les mots des hommes, je laisse pendre la lèvre inférieure et lui lance, de mes yeux humides, un regard de côté pour lui adresser, de la sorte, des reproches muets. Dès qu'elle me vit ainsi transformé, elle se frappa violemment la figure et : « Malheureuse, s'écrie-t-elle, je suis morte ; la crainte et la hâte ont fait que je me suis trompée, j'ai été induite en erreur par la ressemblance des boîtes. Mais tout va bien, car le remède à cette métamorphose est facile à trouver et abondant. Tu n'auras qu'à mâcher des roses et aussitôt tu cesseras d'être âne pour redevenir, par une transformation inverse, le Lucius que j'aime. Si seulement, ce soir, j'avais préparé, comme je le fais d'habitude pour nous, quelques guir-

1. Affreux, laid.
2. Largement ouvertes.

landes, tu n'aurais pas à subir de retard, même pour une seule nuit. Mais, dès le point du jour, le remède viendra aussitôt. »

Apulée, *L'Âne d'or ou les Métamorphoses*, livre III,
trad. P. Grimal, © Gallimard.

BIEN LIRE

- **À quelle fin Pamphile utilise-t-elle la métamorphose ?**
- **Quel objet semble avoir une fonction essentielle dans le processus de transformation ?**
- **Pourquoi Lucius souhaite-t-il lui aussi devenir oiseau ? Quel souci tempère un peu son excitation ?**
- **Qu'est-ce qui caractérise le nouvel état de Lucius ? Est-il complètement « âne » ?**
- **Par quel élément narratif Apulée retarde-t-il la résolution de l'action ?**

Texte 21 : Les épreuves

Dans la nuit même de sa métamorphose, l'âne Lucius est capturé par des brigands qui se sont introduits dans la maison de Milon. Il vit et subit avec eux de multiples aventures, conjuguant son sort avec celui d'une jolie captive…

Mais bientôt après, revenant de je ne sais quelle dure bataille, arrivent les brigands, chargés de butin, et certains d'entre eux, fort pressés, laissant dans leur repaire[1] les blessés soigner leurs blessures, n'ont qu'un désir, celui d'aller, à ce qu'ils disent, chercher le reste de leur chargement qu'ils ont caché dans une caverne. Après avoir englouti leur déjeuner à la hâte, ils nous font sortir sur le chemin à coups de bâton, le cheval et moi, dans l'intention de nous faire porter leurs bagages et, après bien des montées et des détours, ils nous amènent, vers le soir, éreintés[2], près d'une grotte, d'où ils tirent quantité d'objets dont ils nous chargent puis, sans même nous laisser un moment de repos, nous font reprendre, au plus vite, le chemin du retour. Ils étaient possédés d'une telle hâte qu'à force de m'assommer de coups pour me faire avancer, ils me firent trébucher sur une pierre placée le long du chemin ; et là, toujours à force de coups, ils me contraignent[3] à me relever, bien que je fusse blessé à la patte droite et au sabot gauche. Alors, l'un d'eux : « Jusqu'à

1. Cachette.
2. Épuisés.
3. Me forcent.

quand nourrirons-nous pour rien cet âne crevé, qui maintenant est, de plus, boiteux ? » Et un autre : « D'ailleurs, il nous a porté malheur en entrant chez nous ; depuis ce moment, nous n'avons pas fait la moindre prise de valeur, rien que blessures et mort de nos meilleurs camarades. » Et un autre encore : « Et moi, dès qu'il aura porté cette charge, qu'il le veuille ou non, je l'enverrai sans plus tarder au fond d'un précipice, où il fera plaisir aux vautours qui le dévoreront. »

Pendant que ces hommes charmants s'entretenaient de mon exécution, nous étions déjà arrivés à la maison. Car la crainte avait transformé mes sabots en ailes. Sur quoi ils déchargent en hâte ce que nous portions, puis, sans se soucier si nous étions vivants, ni d'ailleurs se préoccuper de me mettre à mort, ils prennent avec eux ceux de leurs camarades que leurs blessures avaient retenus à la maison et partent pour ramener eux-mêmes le reste, dégoûtés, disaient-ils, de notre lenteur. Quant à moi, j'étais dévoré d'une belle inquiétude, en pensant à la mort dont j'étais menacé, et je me disais : « Pourquoi restes-tu ici, Lucius, pourquoi attends-tu la fin ? C'est la mort qui s'apprête[1], et une mort cruelle, par la volonté des brigands. Et ils n'auront pas à faire grand effort : tu vois là, tout à côté, ces arêtes[2] de rocher, acérées[3] et saillantes[4] ? Elles t'entreront dans le corps et, avant même que tu ne sois au bout de ta chute, éparpilleront tes

1. Se prépare.
2. Angles.
3. Coupantes.
4. Qui pointent.

membres. Car cette fameuse magie t'a bien donné l'apparence et les misères d'un âne, mais la peau dont elle t'a entouré n'est pas le cuir épais d'un âne, mais la fine membrane d'une sangsue[1]. Pourquoi, enfin, ne pas te montrer énergique et viril[2] et pourvoir, tant que tu le peux, à ton propre salut[3] ? Tu as une excellente occasion de t'enfuir, pendant l'absence des brigands. Est-ce que, par hasard, tu aurais peur de ta gardienne, une vieille à demi morte, dont tu peux venir à bout d'un seul coup même de ton pied boiteux ? – Mais où vas-tu t'enfuir ? Qui te donnera l'hospitalité ? – Ah, voilà une idée stupide, et tout à fait digne d'un âne ; quel voyageur ne recueillerait pas avec plaisir une monture pour l'emmener avec lui ? »

Et aussitôt, d'un violent effort, je romps[4] la courroie à laquelle j'étais attaché et je me sauve au galop de mes quatre pieds. Mais je ne pus échapper au regard d'épervier de la vieille rouée[5]. Dès qu'elle me voit en liberté, elle déploie une audace au-dessus de son sexe et de son âge, saisit la courroie et s'efforce de m'entraîner en arrière et de me ramener. Mais moi, qui me souvenais de l'intention abominable des brigands, je ne me laissai pas apitoyer[6] : je lui décoche des deux pattes de derrière une ruade[7] qui l'aplatit aussitôt à terre. Et elle, bien qu'étendue sur

---

1. Ver qui suce le sang.
2. Plein de qualités mâles.
3. À ta propre survie.
4. Je casse.
5. Rusée.
6. Attendrir, toucher par la pitié.
7. Un coup.

le sol, se cramponnait tout de même obstinément à la courroie, de telle sorte que je la traînai quelque temps dans ma course. Cependant, elle se mettait à implorer[1], par de vigoureux hurlements, l'aide d'un bras plus robuste. Mais ses pleurs essayaient vainement[2] de donner l'alarme, car il n'y avait personne pour lui porter secours, sinon la jeune prisonnière, et elle seule ; le bruit des cris la fait sortir et elle voit, par Hercule, un spectacle mémorable[3] : une Dircé[4] sénile[5], accrochée non à un taureau, mais à un âne ; alors, s'armant d'un courage viril, elle tente un exploit magnifique. Elle arrache la courroie aux mains de la vieille, arrête mon élan en m'adressant quelques paroles caressantes, monte courageusement sur mon dos et, ainsi installée, m'excite à courir de nouveau. Et moi qui, de moi-même désirais m'enfuir, qui avais, de plus, le désir de sauver la jeune fille, sous les coups qu'elle m'administrait de loin en loin à titre d'encouragement, je frappais le sol de mes quatre sabots avec la rapidité d'un cheval, tout en essayant de lui adresser quelques tendres petits braiments. Et même, tout en faisant semblant de me gratter le dos, il m'arrivait d'incliner l'encolure et de donner des baisers à ses jolis pieds. Et elle, avec des profonds soupirs et levant vers le ciel son visage inquiet, s'écria :

« Ô dieux du Ciel, venez enfin à mon secours en ce péril suprême, et toi, Fortune[6] par trop cruelle, cesse maintenant de

1. Demander en pleurant.
2. Sans résultat.
3. Digne de rester dans les mémoires.
4. Reine de Thèbes qui fut attachée aux cornes d'un taureau, pour punition.
5. Rendue stupide par la vieillesse.
6. Déesse du Destin.

me persécuter[1]. Je t'ai suffisamment offert de souffrances en sacrifices pour que tu sois contente. Et toi, en qui reposent et ma liberté et mon salut, si tu me ramènes saine et sauve chez moi, à mes parents et à mon beau fiancé, que de reconnaissance je t'aurai, que d'honneurs je te rendrai, que de mets je t'offrirai ! Et d'abord je peignerai joliment ta crinière, je l'ornerai de mes colliers de jeune fille, je friserai ton front et j'y ferai une belle raie, je nettoierai avec soin les poils de ta queue, tout emmêlés et hérissés, faute de bains, je te constellerai[2] d'une infinité de médaillons d'or, tu brilleras comme les étoiles dans le ciel, et tu seras entouré des cris de joie et de triomphe de la foule ; je t'apporterai, dans un sac de soie, des gâteaux et des friandises à toi, mon sauveur, et je ne passerai pas un jour sans te gaver[3]. Bien plus, entre ces nourritures choisies, au milieu de ce repos total et de tant de bonheur pour ta vie entière, tu connaîtras la célébrité et la gloire. Car j'immortaliserai[4] par un témoignage durable le souvenir de mon aventure présente et l'intervention de la divine providence[5] et je consacrerai dans la grande salle de ma maison un tableau représentant ma fuite d'aujourd'hui. On viendra le voir, on racontera cette histoire et la plume des savants perpétuera[6] le récit naïf de *L'Âne servant de monture à la princesse fugitive.* Tu seras compté, toi aussi, parmi les merveilles du temps passé, et ton exemple véritable

1. Me faire souffrir.
2. Je te ferai briller.
3. Remplir ton estomac.
4. Je rendrai immortels.
5. Protection.
6. Fera durer dans le temps.

nous rendra croyable que Phrixus[1] ait franchi les eaux sur un bélier, qu'Arion[2] ait piloté un dauphin et qu'Europe[3] ait pris place sur le dos d'un taureau. S'il est vrai que Jupiter a mugi, dans le corps d'un bœuf, il est possible que dans mon âne se dissimule ou le visage d'un homme ou la figure d'un dieu. »

Apulée, *L'Âne d'or ou les Métamorphoses*, livre VI, trad. P. Grimal, © Gallimard.

1. Sur le point d'être sacrifié, Phrixus s'est sauvé sur un bélier volant qui l'emporte.
2. Le poète Arion, jeté à la mer par des pirates, fut sauvé par un dauphin.
3. Europe, fille du roi de Tyr, fut enlevée par un taureau qui n'était autre que Zeus.

BIEN LIRE

- **Quelle épreuve psychologique s'ajoute aux épreuves physiques de Lucius ? Quelle est l'intention des brigands ?**
- **Quel obstacle Lucius trouve-t-il dans sa tentative de fuite ? puis quelle aide ?**
- **Qu'est-ce que la jeune captive promet à Lucius ? Qu'est-ce qui, dans le comportement de l'âne, a pu lui faire pressentir qu'il était autre chose qu'un simple animal ? À quelles métamorphoses fait-elle référence ? Quels détails montrent que la jeune fille appartient à la bonne société romaine ?**

Après-texte

POUR COMPRENDRE

GROUPEMENT DE TEXTES

INFORMATION/DOCUMENTATION

Lire

Textes 1 et 2

1 Le mythe est un récit imaginaire que construisent les hommes pour répondre à leurs interrogations les plus profondes. À quelles questions les textes 1 et 2 proposent-ils une réponse ?

2 Quels sont les personnages présents dans ces récits de la création ? Quel est le personnage principal ? Quels sont les personnages secondaires ?

3 En combien de jours Dieu a-t-Il créé le monde ? Relevez les expressions régulièrement répétées qui vous ont servi d'indices. En quoi montrent-elles que Dieu agit en ordonnant le chaos originel ?

4 Pouvez-vous trouver d'autres indicateurs de temps (qui vous permettraient de connaître l'époque de la création, par exemple) ? Le temps de ce récit est-il chronologique ou imité des rythmes humains ? Quel autre type de récit fait évoluer des personnages dans un temps indéterminé ?

Textes 2 à 5

5 Pour chacun de ces textes, dressez la liste des lieux qui correspondent à une réalité géographique (par exemple, l'Égypte) et ceux qui correspondent à une réalité symbolique (par exemple, le ciel, qui évoque plutôt une idée de ce lieu) ; étudiez particulièrement le thème de l'eau. Pourquoi les textes consacrés à Moïse laissent-ils plus de place à la géographie « réelle » ? Dans quel pays se déroulent l'enfance de Moïse et l'Exode ?

6 Le mythe est un récit dramatique, c'est-à-dire un récit qui propose des bouleversements, voire des renversements dans l'action et dans le destin des personnages. Quels textes sont marqués par ces procédés ?

7 Montrez que le mythe sert aussi à fixer les origines de la loi divine, c'est-à-dire du sacré. Relevez quelques-unes des nombreuses injonctions (commandements) de Dieu. À quel temps, à quel mode sont les verbes ?

Écrire

8 Comment vous représentez-vous le paradis ?

9 Si vous aviez des pouvoirs qui vous permettaient de changer le monde et la condition humaine, quelles transformations feriez-vous ?

10 Quelle est votre version de la création de l'univers et de l'humanité ? Êtes-vous proche de l'explication scientifique ou du sacré, du religieux ?

Chercher

11 Trouvez d'autres récits de création, dans la mythologie gréco-latine ou égyptienne. Quelles ressemblances présentent-ils avec ceux de la Bible et du Coran ?

12 Trouvez l'étymologie des adjectifs *monothéiste* et *polythéiste*. À l'époque où se déroulent les faits racontés dans l'Exode (texte 5), au XIIIe siècle avant J.-C., les peuples voisins des Hébreux sont-ils monothéistes ou polythéistes ?

13 Trouvez des représentations du paradis dans la peinture. L'une des plus célèbres est celle de Jérôme Bosch : cherchez des renseignements sur ce peintre.

À SAVOIR

LA BIBLE

C'est un des plus grands livres de l'humanité : il est le texte sacré de deux religions : le judaïsme (religion des juifs) et le christianisme (religion des chrétiens : catholiques, protestants et orthodoxes). Il a aussi des liens avec l'islam, puisque de nombreuses pages du Coran (le livre sacré des musulmans) présentent des épisodes, des figures et des lois communs avec ceux de la Bible : le personnage le plus cité du Coran est Moïse.

C'est aussi le livre le plus traduit et imprimé dans le monde : de nouvelles traductions de la Bible paraissent régulièrement, et ceci depuis la plus Haute Antiquité ; en 1977, on dénombrait 1 631 langues de diffusion ; et quand, en 1455, Gutenberg met au point la technique de l'imprimerie, le premier livre sorti des presses est une édition de la Bible !

La Bible comporte deux grandes parties : l'*Ancien* et le *Nouveau Testament*, écrits en hébreu, araméen et grec. Le mot *testament* vient de la traduction latine d'un mot hébreu qui signifie « alliance » ; de fait, les deux textes évoquent les événements, les paroles par lesquels Dieu a établi une alliance avec l'humanité, d'abord avec le peuple d'Israël, puis avec tous les hommes, par l'intermédiaire de Jésus-Christ. Les plus anciens manuscrits bibliques, dits « de la mer Morte », ont été découverts dans les grottes de Qumrân et ils datent du Ier siècle avant J.-C.

Pour les croyants (juifs ou chrétiens), la Bible contient un message divin, transmis par des hommes : Moïse et Jésus ; on peut aussi la lire comme le témoignage des traditions, des lois, des croyances des peuples du Proche-Orient antique (Hébreux, Assyriens, Égyptiens...).

UN MONDE AU CONTACT DU MYSTÈRE DIVIN

Lire

Texte 1

1 Quelle différence établissez-vous entre « le souffle de Dieu » (p. 9, l. 3) et la parole divine ? En quoi le mot « souffle » est-il mystérieux ? Quelle est sa part dans la création de l'homme ?

2 Quelle est l'expression récurrente qui introduit la parole divine ? Quelle est celle qui exprime l'adéquation entre le dire et le faire ?

Textes 1 à 9

3 Montrez que l'injonction (le commandement) est la forme la plus représentée. Y a-t-il une réponse du destinataire (l'homme, Abraham ou Moïse) ? Qu'est-ce que l'absence de réponse dit de la relation des hommes à ce Dieu ?

4 Montrez que tout ce qui naît de l'action de Dieu (et il peut s'agir de la naissance de la liberté, aussi) est le résultat d'une séparation, d'une « distinction » : comment Dieu crée-t-Il le monde, la femme ? Qu'est-ce qui permet la survie de Moïse, des « fils d'Israël » ? Que pensez-vous de l'expression « les eaux se fendirent » (p. 22, l. 18) ?

5 Quels sont les épisodes dans lesquels Dieu désigne des victimes et les destine à la mort ? Quelle est celle qui en réchappe ? Quelles sont celles qui succombent ? Quelle est la « créature » qui parfois accompagne Dieu ?

6 Dans quel épisode l'Histoire et le mystère des prodiges se mêlent-ils le plus ?

7 Dans le Coran (texte 8, p. 28, l. 1 et 6), à qui renvoient les pronoms « nous » et « je » ?

Textes 6 et 7

8 Comment la volonté de Dieu se manifeste-t-elle dans ces deux récits ? À quoi correspondent les deux passages en italique : p. 24, l. 10-13, et p. 27, l. 17-18 ?

9 Pourquoi peut-on dire de ces « mages » que ce sont des astrologues ? De quel prodige sont-ils témoins ?

Écrire

10 À partir des mots « déserte », « vide », « ténèbre » et « abîme », écrivez une description de la Terre avant l'intervention de Dieu. Essayez de faire frissonner votre lecteur.

11 Le texte du sacrifice d'Isaac (texte 3, p. 16) ne dit rien des pensées secrètes de celui-ci. Éprouve-t-il de la terreur, selon vous ? Imaginez le monologue intérieur d'Isaac au moment où son père le met sur l'autel au-dessus des bûches...

12 Le roi Hérode veut-il vraiment « rendre hommage » (texte 6, p. 25, l. 18) à l'enfant ? Imaginez la suite du récit.

Chercher

13 Citez deux genres littéraires qui mettent à l'épreuve des héros confrontés à la puissance divine.

14 Faites des recherches sur le contexte historique de la sortie d'Égypte. Quelle est la dynastie régnante ?

15 L'enjeu des textes 6 et 7, tirés du *Nouveau Testament*, est de déclarer l'identité messianique de Jésus : qu'est-ce que « le Messie » dans les religions juive et chrétienne ?

À SAVOIR

LES GENRES À L'ŒUVRE DANS LES ÉCRITURES DU SACRÉ

Avant d'être fixés dans la Bible (du grec *ta biblia*, « les livres »), les récits bibliques étaient racontés oralement ; les répétitions, qui rythment le texte, favorisaient l'écoute et la mémorisation.

Ces récits sont très riches parce qu'ils mêlent tous les genres : le mythe, très présent dans le récit des commencements ; le romanesque, représenté par les très nombreuses histoires que raconte la Bible, comme celle de Moïse ou de Joseph – en rapportant l'histoire de Moïse et des épreuves qu'il traverse, la Bible se fait aussi l'écho des récits épiques, que nombre de civilisations anciennes ont produits.

Comme ces récits devaient séduire, mais surtout transmettre la parole divine, ils accordent beaucoup de place au discours didactique, sous la forme de préceptes (l'exemple le plus fameux est celui des *Dix Commandements*, Exode, 20, 1-17) et de paraboles, c'est-à-dire d'histoires qui expriment une vérité, une leçon : c'est l'essentiel des textes du *Nouveau Testament* et du Coran, moins « romanesques » que l'*Ancien Testament* et plus « dialogués », puisque destinés à répandre, à enseigner la parole de Dieu transmise aux prophètes Jésus et Mohammed.

Lire

Textes 1, 2, 3, 8 et 9

1 Montrez que Dieu Se manifeste essentiellement par la parole et que celle-ci a deux fonctions essentielles : déclarer l'existence d'un seul et même Dieu ; faire entendre et comprendre Sa loi aux hommes.

2 Quels préceptes sont édictés par Dieu dans le texte 9 ?

3 Le Dieu de l'*Ancien Testament* et du Coran ne veut pas que les hommes aient peur de Lui mais qu'ils Le craignent (*cf.* p. 17, l. 25-26 : « Maintenant je sais que tu crains Dieu » ; et p. 34, l. 51-52 : « Voilà comment Dieu explique aux hommes ses Signes. Peut-être le craindront-ils ! ») : montrez que Son action à l'égard des hommes mêle les promesses de dons, les dons et les interdictions.

4 Qualifiez le comportement d'Abraham, dans le texte 3 : quels sont les seuls mots échangés avec Dieu ? avoue-t-il le sacrifice à Isaac ? Trouvez deux adjectifs qui qualifient ses gestes, son action.

5 Quel était l'enjeu de la mise à l'épreuve, dans le texte 3 ? Quelle est la « récompense » promise par Dieu ?

6 Dans le Coran, Abraham est le « vrai croyant » (*cf.* p. 30, l. 29) : quel est le verbe, quatre fois répété, qui désigne son attitude face aux commandements de Dieu ? quel est le premier précepte de la religion d'Abraham ?

Textes 4 et 5

7 À quelle famille Moïse appartient-il ? Qui lui a donné son nom ?

8 Quels sont les pouvoirs que Dieu accorde à Moïse ? Quelle est sa mission « historique » ?

Textes 6 et 7

9 Par quel titre les mages désignent-ils Jésus ? Quels cadeaux lui offrent-ils ? Que représente-t-il à leurs yeux ?

10 Quelle formule, deux fois répétée dans le récit de la mort de Jésus, laisse entendre que la vie de cet homme était fixée par une volonté supérieure ?

11 Qu'est-ce que le mot « disciple » suggère de la relation de Jésus avec ceux qui l'accompagnaient, hommes ou femmes ?

Écrire

12 Dans le texte 5, Dieu gêne la conduite des chars égyptiens. Imaginez d'autres prodiges par lesquels Dieu aurait pu manifester son opposition au camp égyptien.

13 Écrivez le portrait qu'un Égyptien du peuple pourrait faire de Moïse.

Chercher

14 Quelle est la fête par laquelle la communauté juive célèbre le souvenir de la sortie d'Égypte ?

15 Quels autres héros fondateurs ont été livrés puis enlevés aux eaux d'un fleuve ?

16 *Muslim*, en arabe littéraire, signifie « qui se soumet » ; Abraham, pour le Coran, est le premier *muslim*. Quel mot français est dérivé de *muslim* ?

À SAVOIR

ABRAHAM, MOÏSE, JÉSUS : TROIS FIGURES À L'ORIGINE DU MONOTHÉISME

Abraham est le premier des trois « patriarches » et le père du monothéisme ; de lui sont issus Isaac, Jacob, et les douze fils de celui-ci, qui ont donné leur nom aux douze tribus d'Israël. On pense que le départ d'Abraham et de son clan depuis Our, près de l'embouchure de l'Euphrate, pour le « pays de Canaan » (la Palestine), date de 1850 avant J.-C. L'itinéraire d'Abraham et de ses fils les mène d'abord vers le nord-ouest, via Babylone, Alep, puis les fait descendre par Damas, Hébron, vers le nord de l'Égypte.
Moïse naît à une époque où les Hébreux sont fixés dans le delta du Nil, où ils travaillent pour les pharaons ; ils sont artisans ou fabriquent des briques. La Bible dit qu'ils sont d'abord libres puis esclaves ; les sources égyptiennes, elles, ignorent l'esclavage des Hébreux et leur sortie d'Égypte.
Moïse appartient à la tribu de Lévi. Le fait que l'enfant ait pu être éduqué au palais de Pharaon est tout à fait plausible : le système scolaire égyptien pouvait intégrer les jeunes étrangers quand ils montraient des qualités. La fuite d'Égypte a sans doute lieu vers 1250-1230 avant J.-C., sous le règne de Ramsès II.
Jésus est né à Bethléem, au nord de Jérusalem, et il a été élevé dans la religion juive à Nazareth, en Galilée. Pendant son enfance, en l'an 6, la Judée devient province romaine. Son prêche aboutit à la création d'une communauté qui polémique autour de sujets comme l'injustice sociale et l'idée de « messie ». Gênant pour Rome et pour les grands prêtres de la religion juive, il est arrêté et crucifié en l'an 30 ou 33, sous le gouvernement du Romain Pilate. Après sa mort, quatre de ses disciples (Matthieu, Marc, Luc et Jean) ont transcrit dans les *Évangiles* la vie de Jésus et son enseignement.

Lire

1 Montrez que *L'Odyssée* et *L'Énéide* ont un cadre géographique et historique déterminé, en relevant, dans les extraits proposés, des noms de lieux, de peuples et des faits qui renvoient à un cadre spatio-temporel humain, réel.

2 Montrez que les héros évoluent aussi dans un univers merveilleux, où ils rencontrent des forces, des créatures, des phénomènes qui les dépassent.

3 En quoi Ulysse et Énée sont-ils des personnages exceptionnels, supérieurs aux autres hommes par leur force, leur intelligence, leur courage ?

4 Quel est le contenu des messages que les dieux font parvenir aux hommes ? Dieux et déesses ne se manifestent-ils que par des ordres donnés aux mortels ?

5 Relevez les formules d'encadrement du dialogue qui donnent sa solennité au texte épique (*cf.* p. 44, l. 9, « Elle dit »).

6 Relevez des procédés stylistiques qui rappellent que, dans leur forme originale, ces deux récits sont poétiques : comparaisons, périphrases, métaphores, épithètes homériques...

Écrire

7 Pour mettre en valeur le caractère de son héros, Homère utilise ces formules récurrentes qu'on appelle « épithètes homériques ». Par exemple, dans l'épisode de l'arc, Ulysse est appelé « Ulysse aux mille desseins » (p. 54, l. 76-77) : essayez de vous caractériser à l'aide du même procédé.

8 Préférez-vous la force ou la ruse pour vous sortir d'une situation périlleuse ? Répondez à la question en racontant un épisode de votre vie où vous avez dû utiliser l'une ou l'autre de ces solutions.

9 Imaginez que vous êtes un héros auquel une puissance supérieure confie une mission de première importance : quelle est cette mission ? quelles sont les épreuves que vous traversez ? quelles sont les créatures qui s'opposent à vous ou qui vous aident ? quelle est l'issue de votre aventure ?

Chercher

10 Quelle est l'étymologie du mot *épopée* ? Donnez une définition de ce mot.

11 Retrouvez les dieux cités dans les extraits proposés : donnez leur nom grec, l'équivalent latin et, s'il est précisé, leur pouvoir.

12 Certains Titans, comme Atlas ou son frère Prométhée, ont été punis par Zeus de leur rébellion. Trouvez leur nom et résumez leur histoire.

13 Que signifie l'expression « tomber de Charybde en Scylla » ?

14 Où se trouve aujourd'hui le site de Troie ? Quel est le nom de l'explorateur allemand qui, à la fin du XIXe siècle, réalisa son rêve en partant à la recherche des lieux de *L'Iliade* et de *L'Odyssée* ?

À SAVOIR

HOMÈRE

C'est le nom de l'auteur sous lequel nous sont parvenus les seize mille vers de *L'Iliade* et les douze mille vers de *L'Odyssée*, mais l'existence d'un poète nommé Homère est contestée ; du moins, on doute qu'il soit l'auteur de la totalité des deux épopées. On en sait très peu à son sujet : il semble avoir vécu dans la première moitié du VIIIe siècle avant J.-C., être né dans l'île de Chios et avoir vécu à Smyrne ; il serait mort à Ios. La légende qui l'entoure est plus bavarde : il était considéré comme un poète inspiré par les dieux et sept villes se disputaient l'honneur de l'avoir vu naître ; il est souvent représenté sous les traits d'un vieil aède aveugle, accompagnant son chant de la lyre ou de la cithare.

Quoi qu'il en soit, son influence a été considérable dans l'éducation des hommes de l'Antiquité – ses poèmes étaient appris par cœur – et comparable à celle de la Bible dans la culture juive.

VIRGILE

C'est un des grands poètes de la littérature latine. Il est né en 70 ou 71 avant J.-C. près de Mantoue, dans le Nord de l'Italie, à peu près 800 ans après Homère. Il reçoit l'éducation des jeunes gens de bonne famille et se rend à Rome pour achever ses études. Il fréquente les milieux littéraires et devient l'ami de Mécène, riche protecteur des artistes, qui le présente au futur empereur Auguste. En 27 avant J.-C., Virgile commence à écrire *L'Énéide*, poème épique et national qui célèbre l'œuvre d'Auguste. C'est en visitant la Grèce et l'Asie Mineure – lieux d'une partie de son récit – qu'il tombe malade. Il retourne en Italie pour y mourir, à Brindes, le 21 septembre –19. Il est enterré à Naples.

Lire

Texte 10

1 Relevez les mots (noms, pronoms) par lesquels Ulysse désigne ses hommes : quel est le nom qui revient trois fois ? Qu'est-ce que cette phrase : « Ils étaient quatre, et moi, dans le compte, je faisais avec eux le cinquième » dit de sa relation à eux (p. 38, l. 17-18) ? Montrez qu'il est cependant l'acteur principal de cet épisode.

2 Montrez que les premières paroles d'Ulysse à l'adresse du Cyclope (p. 38-39, l. 30-37) balancent entre le désir de séduction et l'insolence.

3 Dans le dialogue qui met le Cyclope et Ulysse face à face, montrez qu'il s'agit du combat de la force contre l'intelligence. Comment Ulysse utilise-t-il les mots ? Comment comprenez-vous le mot « artifice » (p. 43, l. 108) ?

Texte 11

4 Montrez que Circé, dans son attitude et son discours, reconnaît en Ulysse un individu exceptionnel.

5 Quels sont les dangers dont Circé avertit Ulysse ? Quelle serait leur conséquence pour Ulysse et ses compagnons ? Quelles qualités le héros doit-il développer ?

6 Montrez que l'évocation des dangers mêle des éléments réalistes (relevez, par exemple, le champ lexical de la mer) et merveilleux (quelles créatures habitent les flots ? quels sont les caractères mis en évidence dans leur description ?).

Texte 12

7 Relevez les termes qui désignent Ulysse dans les paroles de Pénélope, de Télémaque ou des prétendants ; montrez qu'ils ramènent le « divin Ulysse » à sa nature simplement humaine.

8 Quel est le dieu qui se manifeste au côté d'Ulysse ?

9 Relevez les expressions qui décrivent Ulysse retrouvant et maîtrisant son arc. Comment la corde semble-t-elle « reconnaître » son maître ? À quels gestes le héros guerrier se révèle-t-il ?

10 Montrez que, dans cet épisode, Télémaque fait preuve des mêmes qualités que son père.

Écrire

11 Écrivez, à votre tour, un nouvel épisode des aventures d'Ulysse en reprenant les éléments suivants : une narration à la 1re personne, une épreuve qui mette en évidence son courage et son intelligence, une intervention divine qui l'aide, une créature monstrueuse.

12 Quel autre titre donneriez-vous au poème d'Homère ?

Chercher

13 Quelles ressemblances les Sirènes de *L'Odyssée* présentent-elles avec celles que vous avez pu rencontrer dans d'autres récits ?

14 Qui était Jason, le héros cité par Circé (p. 46, l. 54) ?

15 Faites une recherche sur les palais de la Grèce archaïque, celle de Mycènes, de Sparte, d'Ithaque. Les archéologues ont-ils retrouvé trace du palais d'Ulysse sur l'île d'Ithaque ?

À SAVOIR

L'ODYSSÉE

D'après l'historienne Claude Mossé (*La Grèce archaïque d'Homère à Eschyle*, « Points », Seuil), ce long poème aurait été élaboré au moins un demi-siècle après *L'Iliade*, c'est-à-dire à la fin du VIIIe siècle avant J.-C. *L'Iliade* et *L'Odyssée* seraient « le point culminant d'une longue tradition de poésie orale, pratiquée par des bardes professionnels qui se déplaçaient dans tout le monde grec ». Homère aurait été un de ces poètes ambulants et les deux épopées, rythmées par les répétitions de formules, d'épithètes, gardent les traces de la transmission orale.

La Grèce contemporaine d'Homère est marquée par le culte des héros fondateurs de cités, ces hommes supérieurs dont les exploits sont représentés sur le flanc des vases et dans des récits héroïques, des mythes. Ainsi Homère met-il en scène Circé rappelant à Ulysse Jason et le navire *Argo*.

Claude Mossé écrit : « Dans cette optique, les poèmes eux-mêmes s'inscrivent dans ce même mouvement de renaissance d'un passé lointain où vivaient ces héros auxquels les aristocraties guerrières qui dominaient les cités naissantes rêvaient de s'identifier. »

Ulysse, chef victorieux de la guerre de Troie, héros d'exploits et d'aventures surhumains, n'était-il pas le personnage rêvé pour un poète lui aussi plein de souffle épique ?

Lire

Texte 13

1 *L'Odyssée* est le récit d'un retour ; *L'Énéide* celui d'un départ. Quelle est la phrase d'Énée qui rappelle que l'entrée du cheval dans les murs de Troie marqua la fin d'un temps ? Quel est le prodige qui annonce la chute de Troie ? Quelles périphrases désignant le cheval soulignent le pressentiment de la mort ?

2 Relevez l'invocation qui montre l'amour sacré qu'Énée porte à sa cité. Quel pronom indique qu'Énée inscrit son existence dans celle des Troyens ?

3 Énée dit que les Troyens et lui-même sont « en proie à une fureur aveugle » (p. 61, l. 48) : qu'est-ce que cette fureur les empêche d'entendre ?

Texte 14

4 Relevez, dans le discours de Jupiter « le Tout-Puissant » (l. 4 à 19), les reproches qu'il nourrit contre Énée, puis les expressions qui évoquent le destin du héros : à qui la vie d'Énée appartient-elle ?

5 Montrez que c'est à Carthage qu'Énée semble réaliser son destin de bâtisseur de cité. À quels détails Mercure voit-il que Didon veut faire de son amant le futur roi de sa cité ? Relevez dans les propos de Mercure deux expressions dépréciatives à l'égard du héros. Quel effet doivent-elles produire sur celui-ci ? Sont-elles efficaces ?

Texte 15

6 Dressez la liste des descendants que les destins promettent à Énée. Quel est le dernier cité ? Relevez les expressions qui le désignent.

7 Quel est le ton qu'emploie Anchise pour évoquer cette descendance ? Relevez des expressions emphatiques (qui grandissent l'objet de leur description).

8 Montrez que, dans cet extrait, Énée est le représentant d'un groupe, d'un peuple. Qui est ce peuple ? Quelle est la ville qui confirmera sa puissance ?

9 En quoi la fin du texte est-elle un hymne à l'empereur Auguste ? Relevez les expressions qui disent l'étendue de son pouvoir.

10 De quelle principale qualité Énée doit-il faire preuve ? Montrez par les temps, les modes employés qu'Anchise demande à son fils d'être un exemple.

Écrire

11 Imaginez un autre prodige que les deux serpents envoyés sur Laocoon ; décrivez-le en n'oubliant pas qu'il doit être un présage de mort.

12 Écrivez le dialogue entre Énée et Didon : Énée veut la convaincre de le laisser accomplir son destin ; Didon veut le convaincre de rester et de devenir le roi de Carthage.

Chercher

13 « Ne pas jouer les Cassandre » : quel est le sens de cette expression ?

14 Faites des recherches sur l'ancienne Carthage et sur les guerres Puniques qui l'opposèrent à Rome.

15 Pouvez-vous citer le nom d'amoureuses mythiques qui, comme Didon, ont été abandonnées par le héros qu'elles avaient aidé à conquérir la gloire ?

16 Quelle fut l'œuvre de l'empereur Auguste ? Qui était Mécène ? Qu'est-ce qu'un « mécène » aujourd'hui ?

À SAVOIR

L'ÉNÉIDE

C'est une épopée nationale en douze chants, écrite à la gloire de Rome, des Romains et de leur empereur Auguste. Virgile, qui connaît parfaitement et admire l'œuvre d'Homère, inscrit ses pas dans ceux de son maître en poésie ; *L'Énéide* résonne des échos de *L'Iliade* dans les scènes de bataille et de *L'Odyssée* dans le périple marin qui conduit Énée de Troie vers les rives de l'Italie. Le héros lui-même, par ses qualités exceptionnelles de chef, rappelle le Grec Ulysse ; et tous deux font le voyage jusqu'aux Enfers, afin de connaître la suite de leur destin.

Mais *L'Énéide* n'est pas seulement une imitation brillante des poèmes homériques : elle est l'émanation de la tradition romaine, de son cadre géographique, de son passé légendaire et d'une conception prophétique de son avenir. Virgile, qui, dans d'autres poèmes (les *Bucoliques* et les *Géorgiques*), a célébré la beauté de la terre et de ses travaux, chante l'Italie « grande mère des récoltes et grande mère des héros », et Rome « joyeuse d'avoir enfanté des dieux et embrassant cent petits-fils » (*cf.* p. 69, l. 20-21). Les scènes dramatiques, très nombreuses, scènes de bataille – ou de rupture amoureuse – sont foisonnantes et ardentes car Virgile est soucieux de renouveler l'intérêt de son lecteur : dans *L'Énéide* se succèdent récits et dialogues, voyages, jeux et combats, histoires de guerre et d'amour. Pour rendre la dimension légendaire de la naissance de Rome, il multiplie les personnages : dieux, déesses, héros mythiques et historiques, ou simples humains affrontant leur destin.

Lire

Texte 16

1 À quelle interrogation répond le mythe des quatre âges ? Pourquoi, selon vous, Ovide a-t-il choisi de représenter les époques successives par des métaux, de l'or au fer ? Quelle est la logique de cette série ? Ovide propose-t-il une explication à cette détérioration ?

2 Ovide a connu la période des guerres civiles qui ont déchiré Rome : en quoi l'évocation de l'âge de fer peut-elle rappeler cette réalité historique ? Quel est le champ lexical dominant dans les lignes 39 à 66, p. 75-76 ?

Textes 17 et 18

3 Dans une lettre des *Tristes* (texte écrit en exil, entre 8 et 14 après J.-C.), Ovide demande à son lecteur : « Je te demande de lire les vers où j'ai chanté les métamorphoses des hommes... » Qui sont, dans les textes 17 et 18, les humains objets de transformation ?

4 Quelle métamorphose est voulue par une divinité ? Montrez que c'est une punition : quelle faute la jeune fille a-t-elle commise ? Accepte-t-elle la violence de Pallas ?

5 Pour qui les témoins du vol prennent-ils Dédale et Icare (*cf.* p. 79) ?

Textes 16 à 18

6 Qu'est-ce que tous ces récits ont de tragique ? Que deviennent l'âge d'or, Icare et Arachné ?

7 Dans leur langue d'origine, ces histoires mythologiques sont écrites en vers. De quel genre littéraire peut-on les rapprocher ?

Écrire

8 Relisez l'extrait de la Genèse intitulé « Le jardin d'Éden » (texte 2, p. 13-15) et comparez le paradis décrit par la Bible et celui décrit par Ovide : quelles sont les différences ? Quelles sont les ressemblances ?

9 Imaginez que vous avez, comme Icare, des talents d'inventeur : quelle est votre invention ? à quelles fins l'utilisez-vous ? pour un usage individuel ou collectif ?

10 Faites le récit d'une métamorphose explicative, à l'origine d'un animal de votre choix. Attachez-vous à décrire les étapes de cette métamorphose.

Chercher

11 Quand on parle aujourd'hui de « l'âge d'or » d'une culture, d'une ville, ou d'un mouvement artistique, que désigne-t-on par cette expression ?

12 Qu'est-ce qu'un « dédale » de rues ?

13 Dans la mythologie, les dieux se métamorphosent souvent en animaux pour mieux tromper et séduire les mortelles qu'ils désirent ; Jupiter est passé maître en la matière : trouvez ses métamorphoses les plus célèbres.

À SAVOIR

OVIDE ET *LES MÉTAMORPHOSES*

Ovide naît en 43 avant J.-C., alors que Virgile fréquente déjà les milieux littéraires et se lie à ceux qui compteront à la cour de l'empereur Auguste. En –27, il vient à Rome suivre les cours des plus grands maîtres de la rhétorique et découvre les exercices de virtuosité de la langue. Comme tout jeune Romain de bonne famille, il voyage dans le monde grec à la recherche des légendes et des héros qui peuplent son imaginaire : il va jusqu'en Asie Mineure et séjourne en Sicile. De retour à Rome, il fréquente à son tour les milieux à la mode et devient un poète apprécié en chantant ses amours et celles des figures mythologiques – dans *L'Art d'aimer*, il donne des conseils pour séduire.

Aux alentours de l'an 1 avant J.-C., il commence *Les Métamorphoses* : il s'inspire des poètes alexandrins qui, à partir du IIIe siècle avant J.-C., avaient déjà classé et transcrit les métamorphoses célèbres. Cette œuvre de plus de douze mille vers présente 231 métamorphoses, certaines naturelles, d'autres voulues par les dieux : des hommes ou des dieux deviennent des animaux, des plantes, des éléments du paysage. On y retrouve aussi des héros comme Jason et Médée, Persée qui tua la Gorgone Méduse, Hercule, Énée, et bien d'autres... *Les Métamorphoses* sont le « musée imaginaire » d'Ovide.

En 8 de notre ère, la vie d'Ovide tourne à la tragédie : il est banni de Rome et doit s'exiler très loin, à Tomes sur le Pont-Euxin (aujourd'hui la mer Noire). Loin de sa famille, de ses amis et de la vie mondaine qu'il aimait, il écrit pour exprimer sa tristesse et pour demander son retour en grâce auprès de l'empereur. Mais même après la mort d'Auguste, il n'est pas rappelé à Rome et il meurt, exilé, en 17 ou 18 après J.-C.

Lire

Texte 19

1 Le récit de Thélyphron se trouve dans les premières pages du roman ; montrez que ce texte peut passer pour un avertissement au sujet des « sortilèges » de la Thessalie : qu'est-ce que Thélyphron dit des sorcières ? comment les épouses, les morts se comportent-ils ? quels représentants de la magie orientale Thélyphron rencontre-t-il ? quel prodige sert au dénouement de sa malheureuse aventure ?

Texte 20

2 Comment Lucius réagit-il au spectacle de la métamorphose de Pamphile, la maîtresse de Photis (p. 96, l. 25-31) ? Son état de « démence » l'effraie-t-il ? Quel argument utilise-t-il pour convaincre Photis de lui donner un peu d'onguent ? Quel désir veut-il réaliser ? Montrez que le désir est aussi le moteur de la métamorphose de Pamphile.

3 Lucius subit-il une métamorphose ascendante (qui l'élève dans sa condition) ou descendante (qui l'abaisse) ? Relevez le vocabulaire dépréciatif dans les lignes 80 à 93, p. 98-99. Quel défaut cette épreuve vient-elle punir ?

4 Pourquoi cette métamorphose n'est-elle pas complète ? Qu'est-ce que Lucius garde d'humain ? Que dit-il de sa peau, par exemple ? Quel effet cette humanité a-t-elle sur le lecteur ?

Texte 21

5 Comment se manifeste le reste d'humanité de Lucius ? Quelle peur le taraude ? Qu'est-ce qui, en revanche, révèle l'âne ? Les brigands imaginent-ils sa double nature ? Quel personnage perçoit la dualité de l'animal ?

6 Montrez que la jeune fille est représentative des milieux fortunés et cultivés que fréquentait Apulée ; notamment qu'elle est lettrée. Quelle sorte de gloire promet-elle à Lucius ?

7 En quoi les récits d'Apulée montrent-ils son intérêt pour la magie et la sorcellerie ?

Écrire

8 Sous quelle autre forme aimeriez-vous vivre ? Imaginez les inconvénients et les avantages de cette nouvelle forme.

9 Quelles histoires de sorcières connaissez-vous ? Résumez pour vos camarades celle qui vous a le plus effrayé(e).

10 Imaginez la suite de la mésaventure de Lucius avec les brigands et la jeune captive.

Chercher

11 Qui est l'auteur d'un roman intitulé *La Métamorphose*, publié à Leipzig en 1915 ?

12 Faites des recherches sur le culte d'Isis. Pourquoi a-t-il séduit le monde romain ?

13 Tirez de l'univers des contes des exemples de métamorphoses ascendantes et descendantes.

À SAVOIR

APULÉE, L'AUTRE LUCIUS

Lucius Apuleius est né en 125 après J.-C., dans la province d'Afrique, non loin de l'actuelle ville de Constantine. Il fait des études supérieures de rhétorique à Carthage (aujourd'hui en Tunisie). Comme Ovide et tous les intellectuels de son époque, il est tenté par l'Orient et se rend à Athènes. Là, il découvre une philosophie et des dieux qui promettent le salut ; il s'intéresse à la divination et à la magie.

Il les rapporte à Carthage et, en chemin, se fait une réputation de « thaumaturge magicien », non sans quelques ennuis (un tribunal l'accuse d'envoûtement dans une affaire de séduction).

Dans cette ville, il devient célèbre pour sa capacité à tenir des conférences sur tous les sujets : musique, astronomie, médecine, philosophie…

***L'Âne d'or*, qui date peut-être de 161, se présente comme l'adaptation latine d'un petit roman grec intitulé *Lucius ou l'Âne*, lui-même inspiré des *Métamorphoses* d'un certain Lucius de Patras.**

Apulée réécrit le texte à son goût : il en fait une fable ou un roman initiatique, celui de Lucius changé en âne pour avoir voulu percer les secrets de la magie, soumis aux plus rudes épreuves (les brigands en sont un exemple), toujours en quête de roses, et sauvé par la déesse Isis qui lui redonne sa forme humaine. Celle-ci lui révèle que c'est l'Amour qui permet d'accéder à l'immortalité divine et d'accepter changements de Fortune, métamorphoses et tourbillons de l'être. À la fin de la fable, le héros se convertit à la religion d'Isis et il est « transformé » !

REGARDS SUR LA BIBLE

Il est troublant d'entendre le témoignage d'écrivains, de critiques, de traducteurs qui, un jour, sont « tombés » dans les pages de la Bible et y ont « vécu » pour un temps plus ou moins long… souvent celui de la genèse d'une œuvre. Cette fréquentation a fait naître des images, voire des visions qui sont autant de regards, de points de vue nouveaux sur la Bible.

Théophile Gautier a utilisé celles de l'Exode pour *Le Roman de la momie*, Victor Hugo celles de la Genèse pour *La Légende des siècles* et… Woody Allen celles du sacrifice d'Abraham pour *Dieu, Shakespeare et Moi.*

Théophile Gautier (1811-1872)

Le Roman de la momie, chapitre XVI (1858)

C'est à la fin de son roman que Théophile Gautier a placé l'épisode biblique de la sortie d'Égypte. Tahoser, l'héroïne de cette grande fresque historique et orientale, est aimée de Pharaon ; mais elle aime Poëri, un Hébreu.
Elle est aux pieds de Pharaon quand, pour la première fois, Mosché[1] demande à celui-ci de libérer son peuple. Elle essaie de l'avertir de la puissance du Dieu des Hébreux, mais Pharaon reste sourd à sa crainte.
Plusieurs fois, Mosché revient ; plusieurs fois, Pharaon durcit son cœur et trahit sa promesse.

1. Moïse

Alors ce fut sur l'Égypte un déchaînement de fléaux et de plaies ; une lutte insensée s'établit entre les hiéroglyphites[1] et les deux Hébreux dont ils répétaient les prodiges. Mosché changea toute la poussière d'Égypte en insectes ; Ennana[2] en fit autant. Mosché prit deux poignées de suie et les lança vers le ciel devant le pharaon, et aussitôt une peste rouge, des feux ardents s'attachèrent à la peau du peuple d'Égypte, respectant les Hébreux.

« Imite ce prodige, s'écria Pharaon hors de lui, et rouge comme s'il avait eu sur la face le reflet d'une fournaise, en s'adressant au chef des hiéroglyphites.

– À quoi bon ? répondit le vieillard d'un ton découragé ; le doigt de l'Inconnu est dans tout ceci. Nos vaines formules ne sauraient prévaloir contre cette force mystérieuse. Soumets-toi, et laisse-nous rentrer dans nos retraites pour étudier ce Dieu nouveau, cet Éternel plus puissant qu'Amon-Rê, qu'Osiris et que Typhon : la science d'Égypte est vaincue ; l'énigme que garde le Sphinx n'a pas de mot, et la Grande Pyramide ne recouvre que le néant de son énorme mystère. »

Comme Pharaon refusait toujours de laisser partir les Hébreux, tout le bétail des Égyptiens fut frappé de mort ; les Israélites n'en perdirent pas une seule tête.

Un vent du sud s'éleva et souffla toute la nuit, et lorsque au matin le jour parut, un immense nuage roux voilait le ciel d'un bout à l'autre ; à travers ce brouillard fauve, le soleil luisait rouge comme un bouclier dans la forge, et semblait dépouillé de rayons.

Ce nuage différait des autres nuages : il était vivant, il bruissait et battait des ailes, et s'abattait sur la terre non en grosses gouttes de pluie, mais en bancs de sauterelles roses, jaunes et vertes, plus nombreuses que les grains de sable au désert libyque ; elles se succédaient par tourbillons, comme la paille que disperse l'orage ; l'air en était obscurci, épaissi ; elles

1. Prêtres égyptiens qui déchiffrent les hiéroglyphes.
2. Chef des hiéroglyphites.

comblaient les fossés, les ravines, les cours d'eau, éteignaient sous leurs masses les feux allumés pour les détruire ; elles se heurtaient aux obstacles et s'y amoncelaient, puis les débordaient. Ouvrait-on la bouche, on en respirait une ; elles se logeaient dans les plis des vêtements, dans les cheveux, dans les narines ; leurs épaisses colonnes faisaient rebrousser les chars, renversaient le passant isolé et le recouvraient bientôt ; leur formidable armée, sautelant et battant de l'aile, s'avançait sur l'Égypte, des Cataractes au Delta, fauchant l'herbe, réduisant les arbres à l'état de squelettes, dévorant les plantes jusqu'à la racine, et ne laissant derrière elle qu'une terre nue et battue comme une aire.

À la prière du pharaon, Mosché fit cesser le fléau : un vent d'ouest, d'une violence extrême, emporta toutes les sauterelles dans la mer des Algues ; mais ce cœur obstiné, plus dur que l'airain, le porphyre et le basalte, ne se rendit pas encore.

Une grêle, fléau inconnu à l'Égypte, tomba du ciel, parmi des éclairs aveuglants et des tonnerres à rendre sourd, par grêlons énormes, hachant tout, brisant tout, rasant le blé comme l'eût fait une faucille ; puis des ténèbres noires, opaques, effrayantes, où les lampes s'éteignaient comme dans les profondeurs des syringes privées d'air, étendirent leurs nuages lourds sur cette terre d'Égypte si blonde, si lumineuse, si dorée sous son ciel d'azur, dont la nuit est plus claire que le jour des autres climats. Le peuple, épouvanté, se croyant déjà enveloppé par l'ombre impénétrable du sépulcre, errait à tâtons ou s'asseyait le long des propylées, poussant des cris plaintifs et déchirant ses habits.

Une nuit, nuit d'épouvante et d'horreur, un spectre vola sur toute l'Égypte, entrant dans chaque maison dont la porte n'était pas marquée de rouge, et tous les premiers-nés mâles moururent, le fils de Pharaon comme le fils du plus misérable paraschiste[1] ; et le roi, malgré tous ces signes terribles, ne voulait pas céder.

Il se tenait au fond de son palais, farouche, silencieux, regardant le

1. Embaumeur de cadavres.

corps de son fils étendu sur le lit funèbre à pieds de chacal, et ne sentant pas les larmes dont Tahoser lui baignait les mains.

Mosché se dressa sur le seuil de la chambre sans que personne l'eût introduit, car tous les serviteurs s'étaient enfuis de côté et d'autre, et il répéta sa demande avec une solennité imperturbable.

« Allez ! dit enfin Pharaon ; sacrifiez à votre Dieu comme il vous conviendra. »

Victor Hugo (1802-1885)

La Légende des siècles, « La Conscience » (1883)

« J'eus un rêve, le mur des siècles m'apparut. » Ce vers est le premier d'un ensemble dont Victor Hugo écrit, dans sa préface : « Exprimer l'humanité dans une espèce d'œuvre cyclique [...] ; faire apparaître dans une sorte de miroir, sombre et clair, [...] cette grande figure une et sacrée, l'Homme ; voilà de quelle pensée, de quelle ambition, si l'on veut, est sortie *La Légende des siècles.* »

Au début de l'humanité, il y eut Adam et Ève, puis leurs deux fils Caïn et Abel dont la Genèse évoque le destin : Caïn tue Abel et s'enfuit. Le poème intitulé « La Conscience » est l'écho de sa terreur de Dieu.

Lorsque avec ses enfants vêtus de peaux de bêtes,
Échevelé, livide au milieu des tempêtes,
Caïn se fut enfui de devant Jéhovah,
Comme le soir tombait, l'homme sombre arriva
Au bas d'une montagne en une grande plaine ;
Sa femme fatiguée et ses fils hors d'haleine

Lui dirent : – Couchons-nous sur la terre, et dormons. –
Caïn, ne dormant pas, songeait au pied des monts.
Ayant levé la tête, au fond des cieux funèbres
Il vit un œil, tout grand ouvert dans les ténèbres,
Et qui le regardait dans l'ombre fixement.
– Je suis trop près, dit-il avec un tremblement.
Il réveilla ses fils dormant, sa femme lasse,
Et se remit à fuir sinistre dans l'espace.
Il marcha trente jours, il marcha trente nuits.
Il allait, muet, pâle et frémissant aux bruits,
Furtif, sans regarder derrière lui, sans trêve,
Sans repos, sans sommeil. Il atteignit la grève
Des mers dans le pays qui fut depuis Assur.
– Arrêtons-nous, dit-il, car cet asile est sûr.
Restons-y. Nous avons du monde atteint les bornes. –
Et, comme il s'asseyait, il vit dans les cieux mornes
L'œil à la même place au fond de l'horizon.
Alors il tressaillit en proie au noir frisson.
– Cachez-moi ! cria-t-il ; et, le doigt sur la bouche,
Tous ses fils regardaient trembler l'aïeul farouche.
Caïn dit à Jabel, père de ceux qui vont
Sous des tentes de poil dans le désert profond :
– Étends de ce côté la toile de la tente. –
Et l'on développa la muraille flottante ;
Et, quand on l'eut fixée avec des poids de plomb :
– Vous ne voyez plus rien ? dit Tsilla, l'enfant blond,
La fille de ses fils, douce comme l'aurore ;
Et Caïn répondit : – Je vois cet œil encore ! –
Jubal, père de ceux qui passent dans les bourgs
Soufflant dans des clairons et frappant des tambours,
Cria : – Je saurai bien construire une barrière. –

Il fit un mur de bronze et mit Caïn derrière.
Et Caïn dit : – Cet œil me regarde toujours !
Hénoch dit : – Il faut faire une enceinte de tours
Si terrible, que rien ne puisse approcher d'elle.
Bâtissons une ville avec sa citadelle.
Bâtissons une ville, et nous la fermerons. –
Alors Tubalcaïn, père des forgerons,
Construisit une ville énorme et surhumaine.
Pendant qu'il travaillait, ses frères, dans la plaine,
Chassaient les fils d'Énos et les enfants de Seth ;
Et l'on crevait les yeux à quiconque passait ;
Et, le soir, on lançait des flèches aux étoiles.
Le granit remplaça la tente aux murs de toiles,
On lia chaque bloc avec des nœuds de fer,
Et la ville semblait une ville d'enfer ;
L'ombre des tours faisait la nuit dans les campagnes ;
Ils donnèrent aux murs l'épaisseur des montagnes ;
Sur la porte on grava : « Défense à Dieu d'entrer. »
Quand ils eurent fini de clore et de murer,
On mit l'aïeul au centre en une tour de pierre.
Et lui restait lugubre et hagard. – Ô mon père !
L'œil a-t-il disparu ? dit en tremblant Tsilla.
Et Caïn répondit : – Non, il est toujours là.
Alors il dit : – Je veux habiter sous la terre
Comme dans son sépulcre un homme solitaire ;
Rien ne me verra plus, je ne verrai plus rien. –
On fit donc une fosse, et Caïn dit : C'est bien !
Puis il descendit seul sous cette voûte sombre.
Quand il se fut assis sur sa chaise dans l'ombre
Et qu'on eut sur son front fermé le souterrain,
L'œil était dans la tombe et regardait Caïn.

Woody Allen (né en 1935)

Dieu, Shakespeare et Moi, opus 1 (2001)

On connaît Woody Allen pour ses films et pour le regard ironique, tragi-comique qu'il porte sur la condition humaine et sur Dieu.
Dans *Dieu, Shakespeare et Moi,* il propose une relecture décapante – certains diront « insolente » – du sacrifice d'Abraham.

Et Abraham s'éveilla au milieu de la nuit et dit à son fils unique Isaac :

– J'ai fait un rêve où la voix du Seigneur m'ordonnait de sacrifier mon seul enfant, aussi habille-toi en vitesse.

Et Isaac trembla et demanda :

– Alors, qu'as-tu répondu ? Je veux dire quand il t'a annoncé tout ça ?

– Que pouvais-je répondre ? fit Abraham. Je suis là, à deux heures du matin, en chemise de nuit, en face du Créateur de l'Univers. Qu'est-ce que je peux dire ?

Isaac demanda des précisions :

– Il a bien dit qu'il veut que tu me sacrifies ?

Mais Abraham dit :

– Le croyant ne pose pas de questions. Maintenant allons-y parce que je n'ai pas que ça à faire !

Alors Sarah, qui avait écouté sans mot dire le projet d'Abraham, s'échauffa et dit :

– Comment peux-tu être certain que c'était bien le Seigneur, et pas un de tes farceurs de copains ? Car il est dit que le Seigneur déteste les farces de mauvais goût, et que tout homme qui fait des farces sera livré aux mains de ses ennemis, même s'ils refusent de signer le récépissé !

Sur quoi Abraham répondit sans se démonter :

– Je suis bien certain que c'était le Seigneur ! Il avait une voix pro-

fonde, retentissante, bien modulée, et personne dans ce désert ne peut produire des hurlements comme ça !

Alors Sarah dit :

– Et tu tiens à aller jusqu'au bout de ce projet ridicule ?

Mais Abraham lui rétorqua :

– Franchement oui, car mettre en doute la parole du Seigneur est la dernière chose à faire, avec la situation économique actuelle !

Alors il emmena Isaac dans un endroit lointain et s'apprêta à le sacrifier, mais à la dernière minute le Seigneur saisit la main d'Abraham et lui demanda :

– Comment peux-tu faire une chose pareille ?

Abraham protesta :

– Mais c'est Toi qui m'as dit…

– Ne t'occupe pas de ce que je dis, énonça le Seigneur. Est-ce que tu avales tous les bobards qu'on te raconte ?

– Euh… eh bien… non, dit Abraham, honteux.

– Alors, je suggère par manière de plaisanterie que tu sacrifies ton propre fils, et toi tu le fais aussitôt, sans discuter, sans te poser de questions ?

Et Abraham tomba à genoux :

– C'est que, Seigneur, avec Toi, on ne sait jamais quand Tu plaisantes !

Le Seigneur tonna :

– Aucun sens de l'humour ! C'est incroyable !

– Mais cela ne prouve-t-il pas que je T'aime ? J'étais prêt à tuer mon fils unique pour Te montrer mon amour…

Et le Seigneur parla, en sa grande sagesse :

– Ça ne prouve qu'une chose : que des crétins suivront toujours les ordres, si imbéciles soient-ils, pour peu qu'ils soient formulés par une voix autoritaire, retentissante et bien modulée !

Là-dessus, le Seigneur ordonna à Abraham de prendre quelque repos et de se pointer à son bureau le lendemain à la première heure.

BIBLIOGRAPHIE

• Pour la première partie : « Écritures sacrées »

– *Le Peuple hébreu entre la Bible et l'Histoire*, Mireille Hadas-Lebel, « Découvertes » n° 313, Gallimard.
– *La Bible, le Livre, les Livres*, Pierre Gibert, « Découvertes » n° 392, Gallimard.
– *Le Dieu du Croissant fertile*, Odilon Vallet, « Découvertes » n° 374, Gallimard.
– *Moïse, lui que Yahvé a connu face à face*, Thomas Römer, « Découvertes » n° 424, Gallimard.
– *Contes et Légendes de la Bible*, Michèle Kahn, Pocket Junior.
– *La Bible en bande dessinée*, Jesus Blasco et Claude Molitern, Dargaud.

• Pour les deuxième et troisième parties : « Épopées », « Mythes et métamorphoses »

– *Nos Ancêtres les Romains*, Roger Hanoune et John Scheid, « Découvertes » n° 259, Gallimard.
– *L'Or de Troie ou le Rêve de Schliemann*, Hervé Duchêne, « Découvertes » n° 250, Gallimard.
– « Homère », *Le Magazine littéraire* n° 427.
– *Les Métamorphoses d'Ulysse*, « Étonnants Classiques », Garnier Flammarion, 2003.
– *Le Péplum : l'Antiquité au cinéma*, éd. Corlet-Télérama, 1998.

FILMOGRAPHIE

• Pour la première partie : « Écritures sacrées »

Films

– *La Tunique*, Henry Koster, 1953.
– *Les Dix Commandements*, Cecil B. DeMille, 1956.
– *Ben-Hur*, William Wyler, 1959.
– *La Bible*, John Huston, 1966.
– *Jésus-Christ Super star*, Norman Jewison, 1973.
– *Les Aventuriers de l'arche perdue*, Steven Spielberg, 1981.
– *La Dernière Tentation du Christ*, Martin Scorsese, 1988.

Documentaires du Centre national de documentation pédagogique

– *Corpus Christi*, Jérôme Prieur et Gérard Mordillat, 1998.
– *Des religions et des hommes*, 1re partie, « Aux sources des religions : les fondateurs Orient-Occident », Jean Delumeau, Sabine Melchior-Bonnet, Claude Théret, 1996.

• Pour les deuxième et troisième parties : « Épopées », « Mythes et métamorphoses »

Films

– *Ulysse*, Mario Camerini, 1953.
– *Hélène de Troie*, Robert Wise, 1955.
– *La Guerre de Troie*, Giorgio Ferroni, 1961.
– *Troie*, Wolfgang Petersen, 2004.

Documentaires du Centre national de documentation pédagogique

– *Icare*, Philippe Truffaut et Françoise Busnel.
– *Dans le sillage d'Ulysse*, Jean Baronnet, coproduit par La Sept/Arte, Le Musée du Louvre et Le Palais de production.

CÉDÉROM

La Bible et ses Images, avec le texte de la Bible de Jérusalem, Productions interactives du Musée du Louvre, 2001.

SITES INTERNET

– www.lexpress.fr/info/societe/dossier/ulysse/dossier.asp ?ida=398338 (site Internet du magazine *L'Express*, dossier « Sur les traces d'Ulysse : les escales magiques de *l'Odyssée* », 2003).
– www. arts culture.éducation.fr
– www.ac-versailles.fr/
– www.louvre.fr
– www.ac-poitiers.fr/

VISITES

– Le Musée du Louvre
36, quai du Louvre, 75001 Paris
Tél. : 01 40 20 50 50
Ouvert de 9 h à 18 h. Fermé le mardi.
– La Mosquée de Paris
2 bis, place du Puits-de-l'Ermite, 75005 Paris
Tél. : 01 45 35 97 33
– L'Institut du monde arabe
1, rue des Fossés-Saint-Bernard, place Mohammed-V, 75005 Paris
Tél. : 01 40 51 38 38
Ouvert de 10 h à 18 h. Fermé le mardi.

Couverture
Conception graphique : Marie-Astrid Bailly-Maître
Choix iconographique : Cécile Gallou
Iconographie : *Ulysse et les Sirènes*, mosaïque, IIIe siècle avant J.-C., musée du Bardo, Tunis, © Giraudon/Bridgeman Art Library.

Intérieur
Conception graphique : Marie-Astrid Bailly-Maître
Réalisation : Nord Compo, Villeneuve-d'Ascq

www.magnard.fr

Dans la collection

Classiques & Contemporains

SÉRIES COLLÈGE ET LYCÉE

1 **Mary Higgins Clark,** *La Nuit du renard*
2 **Victor Hugo,** *Claude Gueux*
3 **Stephen King,** *La Cadillac de Dolan*
4 **Pierre Loti,** *Le Roman d'un enfant*
5 **Christian Jacq,** *La Fiancée du Nil*
6 **Jules Renard,** *Poil de Carotte* (comédie en un acte), suivi de *La Bigote* (comédie en deux actes)
7 **Nicole Ciravégna,** *Les Tambours de la nuit*
8 **Sir Arthur Conan Doyle,** *Le Monde perdu*
9 **Poe, Gautier, Maupassant, Gogol,** *Nouvelles fantastiques*
10 **Philippe Delerm,** *L'Envol*
11 *La Farce de Maître Pierre Pathelin*
12 **Bruce Lowery,** *La Cicatrice*
13 **Alphonse Daudet,** *Contes choisis*
14 **Didier van Cauwelaert,** *Cheyenne*
15 **Honoré de Balzac,** *Sarrasine*
16 **Amélie Nothomb,** *Le Sabotage amoureux*
17 **Alfred Jarry,** *Ubu roi*
18 **Claude Klotz,** *Killer Kid*
19 **Molière,** *George Dandin*
20 **Didier Daeninckx,** *Cannibale*
21 **Prosper Mérimée,** *Tamango*
22 **Roger Vercel,** *Capitaine Conan*
23 **Alexandre Dumas,** *Le Bagnard de l'Opéra*
24 **Albert t'Serstevens,** *Taïa*
25 **Gaston Leroux,** *Le Mystère de la chambre jaune*
26 **Éric Boisset,** *Le Grimoire d'Arkandias*
27 **Robert Louis Stevenson,** *Le Cas étrange du Dr Jekyll et de M. Hyde*
28 **Vercors,** *Le Silence de la mer*
29 **Stendhal,** *Vanina Vanini*
30 **Patrick Cauvin,** *Menteur*
31 **Charles Perrault, Mme d'Aulnoy, etc.,** *Contes merveilleux*
32 **Jacques Lanzmann,** *Le Têtard*
33 **Honoré de Balzac,** *Les Secrets de la princesse de Cadignan*
34 **Fred Vargas,** *L'Homme à l'envers*
35 **Jules Verne,** *Sans dessus dessous*
36 **Léon Werth,** *33 jours*
37 **Pierre Corneille,** *Le Menteur*

38 **Roy Lewis,** *Pourquoi j'ai mangé mon père*
39 **Charles Baudelaire,** *Les Fleurs du Mal*
40 **Yasmina Reza,** *« Art »*
41 **Émile Zola,** *Thérèse Raquin*
42 **Éric-Emmanuel Schmitt,** *Le Visiteur*
43 **Guy de Maupassant,** *Les deux Horla*
44 **H. G. Wells,** *L'Homme invisible*
45 **Alfred de Musset,** *Lorenzaccio*
46 **René Maran,** *Batouala*
47 **Paul Verlaine,** *Confessions*
48 **Voltaire,** *L'Ingénu*
49 **Sir Arthur Conan Doyle,** *Trois Aventures de Sherlock Holmes*
50 *Le Roman de Renart*
51 **Fred Uhlman,** *La Lettre de Conrad*
52 **Molière,** *Le Malade imaginaire*
53 **Vercors,** *Zoo ou l'Assassin philanthrope*
54 **Denis Diderot,** *Supplément au Voyage de Bougainville*
55 **Raymond Radiguet,** *Le Diable au corps*
56 **Gustave Flaubert,** *Lettres à Louise Colet*
57 **Éric-Emmanuel Schmitt,** *Monsieur Ibrahim et les Fleurs du Coran*
58 **George Sand,** *Les Dames vertes*
59 **Anna Gavalda, Dino Buzzati, Julio Cortázar, Claude Bourgeyx, Fred Kassak, Pascal Mérigeau,** *Nouvelles à chute*
60 **Maupassant,** *Les Dimanches d'un bourgeois de Paris*
61 **Éric-Emmanuel Schmitt,** *La Nuit de Valognes*
62 **Molière,** *Dom Juan*
63 **Nina Berberova,** *Le Roseau révolté*
64 **Marivaux,** *La Colonie* suivi de *L'Île des esclaves*
65 **Italo Calvino,** *Le Vicomte pourfendu*
66 *Les Grands Textes fondateurs*
67 *Les Grands Textes du Moyen Âge et du XVIe siècle*
68 **Boris Vian,** *Les Fourmis*
69 *Contes populaires de Palestine*
70 **Albert Cossery,** *Les Hommes oubliés de Dieu*
71 **Kama Kamanda,** *Les Contes du Griot*
72 **Bernard Werber,** *Les Fourmis* (vol. 1)
73 **Bernard Werber,** *Les Fourmis* (vol. 2)

SÉRIE ANGLAIS

1 **Roald Dahl,** *Three Selected Short Stories*
2 **Oscar Wilde,** *The Canterville Ghost*
3 **Allan Ahlberg,** *My Brother's Ghost*
4 **Saki,** *Selected Short Stories*
5 **Edgar Allan Poe,** *The Black Cat,* suivi de *The Oblong Box*
6 **Isaac Asimov,** *Science Fiction Stories*
7 **Sir Arthur Conan Doyle,** *The Speckled Band*
8 **Truman Capote,** *American Short Stories*

Achevé d'imprimer en mars 2005 par CCIF à Saint-Germain-du-Puy (18390) - France
Dépôt légal : mars 2005 - N° d'éditeur : 2005/193 - N° d'imprimeur : 05/173